名為世界的地方

蕭熠

推薦序

我與世界隔著瘟疫般的透明罩膜

阮慶岳

初次閱讀到蕭熠，是我在擔任《九歌一〇七年小說選》的編選任務時，讀到應是她初露頭角的一個得獎短篇小說〈在船上〉，當時立刻被流竄在小說內裡、某種很特殊強烈的氣息吸引。那是與長久瀰漫流行於此地的「現實主義」，完全大異其逕的書寫方式，字裡行間不但有著光影迅速切換的飄忽游離感，又能全然迥異於影響華人近代小說深遠的「魔幻現實主義」路線裡，那種總將歷史與現實誇張魔幻化的濃烈炙身控訴意味。反而，隱約呈現出接近卡夫卡處理荒謬現實時，所最是擅長蓄意製造的失重惚恍感，以及「自然主義」在面對無出路困局、依舊能輕盈客觀也優雅的呼吸節奏。

那時，我在序言裡簡單寫下我初閱讀的印象：「〈在船上〉用極度冷靜客觀、卻又十分貼近角色內裡的語氣，描繪著一個看似過著幸福穩當人生的現代女子，如何面對自己其實已然完全透明失焦的生命體，雖然也嘗試做一點點的對抗與掙扎，卻彷彿世間一切都波瀾不興的無動於衷。有著對於生命是否就當如此荒蕪失溫的質疑，也是對於存在意義的荒謬本質發出嘆息，小說瀰漫著流動、冰冷也透明的氣質。」

這本小說集《名為世界的地方》，除了收錄了包括這個短篇小說〈在船上〉的幾個短篇外，另外主力是更貼靠向中篇小說的〈名為世界的地方〉以及〈2042〉。這兩篇敘述都是從平凡主角貼己細微的生活瑣事出發，卻逐漸步入帶著科幻感與離奇意味的某種介乎真實與虛幻間的時空狀態，那是一個不令人滿意、又無得去抗拒與拒絕的世界，有些類同龐大水族箱或實驗室的場景，而主角略略帶著詫異神色出入行走其間，像是一個忽然失去庇護與保護色的隱匿者，不覺陷入到某種熟悉也陌生的情境裡，不知所措也無動於衷地看著一件事情接著一件事情發生來。

然而，這樣有點像是對於未來作投射、也像是意圖對此刻作暗喻的奇異時空背景，究竟是想要劍指何方或述說什麼呢？就在〈名為世界的地方〉的小說裡，那個彷如智慧者的「博士」，對顯得驚訝也困惑的主角說：

世界上您所看到的一切，都是意念，您沒有看到的時候，它們即消失。像融化的雪一樣。我只不過在您眼前重現這個過程。虛的世界和實的世界，博士拿起一張紙。中間的分界就是像這樣。事實上連這分界也是人類想出來的。虛與實是並存的，只要您記得這一點，順服於宇宙的安排。您就可以進去那個世界，無處不是入口，徵兆到處都是。

依稀讓我們想起來卡夫卡在小說《城堡》，所描繪那個彷如舞台布景般真假難辨的迷離世界，而那位自稱是土地測量員的K，在雪夜來到城堡下面的村莊，準備應約進入城堡，卻無端陷入其他不相干的局外瑣事裡，而真正想進入的城堡，與意欲面對城堡主人的原初願望，反而徘徊至死才能明白根本就是場徒勞與無落的舉動。

卡夫卡這樣鋪陳的徒勞與荒謬感受，自然帶著對世界可能本就是虛無與欺瞞的批判，這質疑在蕭熠的小說裡一樣可見，只是她用相對比較含蓄隱約的方式，款款向我們冷淡地描述撲來。蕭熠確實像卡夫卡那樣能把現實時空梳理成簡潔抽象的舞台布景，讓我們彷彿已然置身劇院，並熱心地看著一齣並沒有什麼驚人劇情的戲碼演出，因為吸引我們的不再是強加來引人的悲喜衝突，而是一種奇異卻真實的疏離寂寞感覺，一種在已然瘟疫蔓延的世界裡，人人忽然被強迫罩上了玻璃隔幕，只能冷眼看著一切的現實或魔幻接續發生來，自己卻全然無能為力的荒謬與絕望感受，於是也明白從來早已經被誰人界定好、我們與真實世界那顛撲難破的關係距離。

這自然是相當悲觀的陳述與吶喊，恰恰有如在〈名為世界的地方〉的收尾裡，主角終於進入漫長的睡夢狀態，並開始嘶喊逼問周遭的人：究竟什麼才是真相？像是一個拒絕生活在被薄膜強制隔離世界裡的人，卻終於發覺自己正是那個唯一失重漂浮的不正常者。

我跑到最前面的鍋爐前，面對著所有排隊的人和桌子大喊。
停止工作！你們都被蒙蔽了，這樣是沒有意義的！
然而他們仍像耳聾一樣沒有聽見，只是持續著他們的動作。
停下來！這是騙局！我上下揮舞著雙手大喊。

尋找不到答案也無路可走的主角，即令只好奔跑出去到森林或是遠方書店，想要尋找到能回應的答案，終於還是必須回到與那位「博士」的對話：

那這一切的意義是什麼？為什麼？我問。並不確知自己的問題是什麼。

短的答案是因為你想要經歷這一切。宇宙感知到你的需要，安排了這一切給你。你只要投入就好了。長的得用你的一生去回答。尋求意義是最沒有意義的。意義是什麼，對誰有意義？對於如此經不起探究的問題，我們有這樣的時間嗎？我們沒有。博士哈哈笑著說。

生命的短暫與不可知的宿命安排，讓一切意義都頓失依據。是的，蕭熠的每一篇小說，都像是依舊相信著什麼的人，不斷地陳述出某種既是慌張也失望的扣問，是那種從惡夢裡忽然醒來，還且隔著瘟疫的透明罩膜，仍然不願相信一切竟然就是如此的小孩，張著期盼什麼的純真臉龐，所顯露出來濃重的困惑與傷心。當然，蕭熠所質疑的絕不是卡夫卡念茲在茲的那個竟然缺席的上帝，而更應是此刻在莫名權力者以科技主導下的人類文明究竟，以及許多因此無端就被壓迫著的個體生命，終究要何去何從的深遠憂慮吧？

（阮慶岳，作家、建築學者。現為元智大學藝術與設計學系專任教授。曾獲台灣文學獎散文首獎及短篇小說推薦獎、二〇〇九年亞洲曼氏文學獎入圍香港《亞洲周刊》中文十大好書及中文十大小說等重要獎項。著有《神祕女子》、《黃昏的故鄉》、《哭泣哭泣城》、《秀雲》、《散步去蒙田》、《阮慶岳四色書》、《開門見山色》《山徑躊躇》等。）

2042

她坐在診所候診室的座位上，覺得亂和無止盡的累，她按著左邊的太陽穴。感到底下汩汩的跳動。她簡直可以看到那個情形。而這時候護士開門叫她進去，聲音尖而細。

她移動自己到醫生面前的椅子上坐下，僅僅是這短短的動作也讓她幾乎承受不住，她感覺到微微的顫動，來自她的手。

又堵住了？醫生輕巧的說，用探針敲敲她的腦袋。

誒是，她吶吶的說。於是醫生用手按壓了她的耳後，用探針戳弄了鎖孔，她的左腦殼便應聲而開。醫生的頭擋住了探照燈，光線於是沿著他的臉兜了一圈。她瞇著眼睛等著，聽到醫生的聲音從頭後方傳來。

還是老問題。一次想做太多事了，電話，網路和資料庫都沾黏了。

最近比較忙一點，她說，聲音聽起來很空洞，可能因為腦殼大開著的關係。

醫生再用一些棉花做最後的清潔，之後把殼啪答的闔起來，剛剛的雜音也應聲停止。

老毛病了，醫生比對著她的病歷說，多休息，有多的想法就先上傳，不用就關機。

不過我知道你是個傳統的人。醫生笑了一下。她倒是不清楚這點，開門離開時護士尖細的聲音又送她離開。她聽不出來護士的心情。她不知道為什麼連這樣短短的道別都要開人工聲音，好像說再見是多麼費嗓子的事。

她在想一件事，但怎麼也想不起來，那個卡在她的腦裡，她在想是不是剛才沒清乾淨，但是算了。

屋裡沒人。但有個東西在發亮，是螢幕。

很多程式需要更新，她用手指一項項的勾選，有的用得很習慣，她就選擇不換了。它們開始下載，然後整個室內一亮。所有的機器，洗衣機，電視，冰箱皆忙碌了起來。更新完成。

然後她想起來了。像一個物品落地，綠要來。

她環顧四周，一切都很就緒，不在家的時候阿R都幫她收好了。綠不喜歡她這樣叫它，總是清晰的叫它R65430。那是綠自己的聲音，在家綠從不開人工聲音，她很喜歡綠這一點。綠的那種自信和明快，感覺非常二十世紀。

媽媽，是綠的聲音。

她低頭看著手掌中的機器。您有一通錯過的虛擬邀請。

她馬上回撥。

媽媽，綠的影像來到屋裡。我今天本來要自己過來，可是外面在下雨。

你是不是瘦了，她問。

不是，這是上個禮拜上傳的，我這幾天感冒都沒有錄新的影像。

她走到窗邊，雨像瀑布一樣洗刷著窗戶。

我都沒注意到下雨。她說。這屋子隔音實在太好了。

媽媽，綠的聲音裡有顆粒，真的是感冒了。你為什麼又沒把晶片放進去，你這樣會錯過我的虛擬，還有天氣預報。

我不喜歡晶片在頭裡的感覺，她想這樣說。但她知道綠會說那感覺完全出於想像，種種醫學證明晶片造成頭痛完全是無稽之談。

我剛去看醫生了，頭痛，她於是這樣說。

你自己去了？綠說。

可以打虛擬過去的媽媽，自己去多不好，很麻煩，又危險。多休息，媽媽。我也需要充電一會。我等等要打給醫生。

好的。她說。

綠消失在屋裡，遺留下一圈別人會說她想像出來的，淡淡的綠光。

她想到店裡去。沒錯就在這種天氣裡。對於他們還沒有辦法掌控天氣，她暗暗懷著不懷好意的高興。

出門麻煩又危險多不好，她剛才聽到綠這麼說。而她有一陣子沒有聽到了，這是非常二〇年代的說法。在現在的四〇年代，大家已經尋常到不再提，這是一個深植在腦中的常識了，自從政府發現人們不出門一併解決了交通治安和汙染等等的問題，便開始倡導。

她先把家裡的保全解除，把門打開，然後像小偷一樣的一口氣跑了出去。

在街上，在危險的，充滿了汙染的空曠的街上，她想起忘了帶傘。她有一把使用了十年以上的紅傘，總像個閒得發慌的看門狗一樣就放在門口。水從上而下的打落在她的臉上頭上，也許滲進頭裡，據說對人工腦殼非常不好。但她已經無所謂了。壞了就再換吧。這是她在這個世紀累積下來的經驗。

店在路的末端，旁邊有幾個店鋪，皆是不對外開放的電腦零件倉儲空間，散發著灰色的氣息。路邊躺著一些遺棄自己肉體、以腦為家、像被遺棄的貨物一樣的人。

她的店專門販售二十世紀的古物，那些她彷彿不知道會有未來那樣隨意蒐集來的物品，來自她還年輕的時代。最初是因為以前的東西捨不得扔掉。紙本書，筆記本和畫冊，蠟燭和彩色筆在桌上排列整齊。

好久以來，她已經不知道年齡怎麼算起。她也許剛滿六十，但她的主要關節九歲，臟器和動脈七歲，腦殼剛滿四歲，而藥物讓皮膚的更新從二十八天提高到四天一次。她是嶄新的，某個意義上來說。然而她會自己時常珍惜的翻閱著這些物品，以前的時間就像虛擬影像一樣被召喚而來。

在世紀初，她時常旅行。那個時候的人常說，旅行是種發現自己的方法。如今是個充滿語病和漏洞的說法。發現什麼，自己又是什麼，以前的她會去尋找和累積，而現在她再也沒有去回答的欲念。她因此累積下來很多雜物，這裡買的詩集，小小的地毯燭台，和裝飾品。她租下這個店面，把這些物品鋪展開來，每天照時間營業，坐在裡面，每天擦拭清潔，像是一種徒勞無功的悼念。

她想等到雨停就離開。但她依稀記得等等可能會有訪客。

那天她自己去了一個想法展，也是在一個實體的店面。參與的藝術家用古老的投影技術，將自己腦中未經整理就上傳的思緒展覽出來。有些人說太過雜亂了，但那生猛讓她覺得很有趣。在展覽中她認識了幾個人，聊到要到她的店裡看一下，他們或多或少的在做差不多概念的事情，共同點是他們不願意太高調，以免被視為懷古者，也就是媒體上常被批評阻止進步的那些人之一。

她等待著，看著窗外，忽然覺得也許該蒐集這些雨。有一天雨會消失，她猛然想到，就像其他造成不便的事物，像相片，野狗或花店。像沒有用的胡思亂想，現在他們主張下載偵測的軟體，在腦中檢測，隨時隨地幫你清除掉，以免造成不快，憂鬱症或偏頭痛，最起碼減少記憶體的浪費。

在綠小時候，在一〇年代末，也就是大更新之前，世界還是舊的。出門是被鼓勵的，大自然和想像是被鼓勵的。她會抱著綠在外面，做一種現在說起來，只能說是遊盪的行為，無目的的亂走。她清楚記得綠那時候肉感的小胖腳壓在她的前臂上，那沉重的感覺，她記得人和人的皮膚接觸久了會出汗，產生出一種黏膩親密的感覺。她記得綠剛出生的時候，她必須餵母奶和換紙尿布，那時候她訝然以為她懂得了，原來為人母親是一個如此具體而感官的經驗，如今他們很難想像了，餵母乳是不潔而危險的，自從他們知道傳染病的可能後。時代更迭，她的經驗不再管用，而她的記憶不算數。

許多的時間已經過去了，而她學會了緘默。她謹慎地收納著自己的過去，以免散發出陳腐的氣味。也許她已經不再是她，有時候她會懷疑的想著，在一切更新之後，原來的已經所剩無幾，也許只有殘留的腦細胞仍頑強的以為這是原本的身體，就像是一種殘肢反應。

門口閃進了兩個人，她才回過頭來。其中一個她記得是從那天的展覽來的，另一個她沒有見過，他的身上老套的穿著上面書寫著1984的T恤。她不知道該做何感想。她打起精神，帶著他們在店裡走了一圈，講述每件物品的來歷。他們都不發一語的看著。

還在下雨嗎？她問。

他們一齊露出含蓄的微笑。她猜想他們的年齡和她差不多，也許聊世紀末是個好主意。果然這個話題引起了他們的共鳴。當他們談到千禧年時人們對電腦系統更新的恐慌，都哈哈笑了起來。

他們提到2020大更新的時候他們的恐懼。

我那時候剛四十歲，1984說，我覺得我已經老得不想再更新了。他們一面走著。走到展示手持手機的那個桌子。

還記得以前出門一定要檢查有沒有帶手機嗎？另一個人笑著說。

手機，錢包，鑰匙。他們一起笑著唸出那時候每天出門前會檢查有沒有帶的物品。

現在沒有一樣東西是需要帶上的，而連出門也不再變得必要。他們爭相說著那差別，然後笑著。

外面雨似乎更大了，可以明顯聽到淅瀝瀝的聲響，雨落在地上的回聲，遠方隱隱有種轟隆滾動的聲音，是雷聲。他們的話題還熱著，因為笑和熱而微微喘著氣。

這時候她看出了一件事情。

１９８４的影像閃爍了一下。

她覺得不便說出口，但還是說了。

我以為你們是本人過來，她說。

喔，另一個人無比抱歉的說，我們本來是要自己過來的，但雨實在太大，家裡又到處找不到傘，所以……

她舉起手制止，沒關係，虛擬真的是很方便。

他們各自落入了唯有自己才知道的沉默中。

我今天看我女兒也是用虛擬，我沒告訴她。她又說。

他們相視了一眼，笑了。

真的是方便。1984說。不用出門。

他們買了兩把雨傘，承諾下次來拿。關門離開的時候，雨停了。地上的水弄濕了她的鞋子。空氣中帶著潮濕和涼，和風的意味。她走在裡面，遠方的天空被洗得很乾淨，是玫瑰色的，她記得從前的這種時候，到處是濕的，世界好像新做好的一樣。

●

身體是錨，身體是目的，也是方法，身體是場域。她邊彎折著身體，汗水往前流進了她的眼睛，她感覺到自己的膝蓋有一股鈍鈍的痛，臉頰不受控制的向下垂墜著。而在身體的內部像是浪潮那樣，一漲一縮。

她擦拭瑜伽墊，沖洗自己。

然後坐在沙發上，從口腔注入了一杯水到這個海洋裡。感受到水緩緩的流入，在支流中紛紛流動滲透。人需要水分、空氣和陽光。也許有科學報導會告訴她這只是過去的迷思（他們總是帶著一絲不讓人察覺的笑意這樣做），但她願意這樣相信。

電視上正播著一個牙膏的廣告，虛擬演員對著鏡子露出牙齒微笑，露出滿意的表情。她看著那個表情，知道這是綠演出的廣告。她去參觀過綠的工作一次，他們把偵測神經的線路接在綠的晶片上，然後再投射在虛擬演員上，後者的臉上就像鏡子一樣反映出了綠的表情，她可以辨識出來，在那麼高興中，仍然帶著一點不置可否。這點就像綠的爸爸。

她問綠，這個的工作是不是還稱為演員，為什麼不直接用自己的身體去表演呢？

綠說，帶著那樣恍若不信的表情，這個叫表演工作者，演員指的是那些露臉的虛擬演員，他們的臉，是由真人提供，在電腦上製作而成，因此註冊有肖像權。他們不會老去，也不會生病。

綠生病了嗎？她突然想起來。距離上次講話已經有十來天，她中間試著打過去一次，綠沒有接，也沒有回，這並不尋常。

她再撥了一次，沒有接，她覺得心裡發緊，在冰箱裡收拾一些食物帶去時，恨不得瞬間移動去到綠的旁邊。

綠的公寓在河的對岸再過去一點，是個發展中的區域，過去幾年許多掙扎中的藝術家住在那裡，也有很多稅務上的減免，整個區域有許多年輕人開的復古的實體店鋪，他們用一種質疑的姿態坐在店裡，販賣書籍，花朵和音樂，還有吸食了會產生幻覺的蘑菇。她想起在她年輕的時候，除了外來工作的人和遊民，根本不會有人想住在這裡。她曾經和朋友來過，是個寒冷的夜，她記得，路燈其實把街道照得足夠明亮，路上人煙稀少，她只看到自己呼出的白煙，聽到從背後傳來的哐啷哐啷的聲音，她轉過頭看，是一個穿著毛絨絨的髒外套的遊民推著超市推車過來。朋友把她留在原地，跑過去和他攀談，他看起來就像是冬日剛睡醒的熊那樣胖大和恍惚，但他收了朋友給的一疊錢，隨即拿了一個東西給她，從遠處看不分明。

朋友笑嘻嘻地跑回來，在她旁邊點燃了那一管香菸狀的物體，是一種好聞的草的味道，她被教導深深吸到肚子底，再慢慢用嘴噴出來。

她走著走著，有時嗆咳著，感覺到街道的位移和上下變幻，她依舊邊和朋友說著話，感覺到情緒澎湃不已，幾乎無法控制。世界不知為何變得相當可笑，她們停在路邊笑不可抑。

這是她所有的記憶，如今的年輕人如果想達到類似的效果，只要點選虛擬就好。不需要對身體做任何事情，或者出門。故事結束。

但她還是出了門。這一區又產生了微妙的變化。許多的獨立商家歇業，鐵門拉下來，像拒絕的臉。一些大型企業已經嶄新的進駐在街角。但街道不知道為什麼，依舊存在她年輕時候那種被遺棄的感覺。她走到街的對面，緣住的六層公寓就在那裡，鐵灰色的典型二〇年代樓房，她按了電鈴，緣沒有接，也許不在家。但緣近來根本不出門。

她想了一下，決定用緣給她的密碼開門。樓梯間陰暗，好像很久沒有人使用。她快步走到緣住的二樓，還是很原始的在門上敲了幾下。

門僅發出一些鈍鈍的聲音，沒有要動的意思。她用密碼把綠家的門打開。房間裡空氣滯閉，不大的空間裡幾乎空無一物，廚房的吧台上很清潔，擺著一罐罐常見的粉狀代餐。她走過那裡，到了隔著矮牆的臥室，然後一眼看到了倒在床上的綠的雙腳。

綠躺在那裡，身體消瘦，頭髮散在枕頭上，眼睛睜著卻沒有意識的痕跡，眼球上覆著白色粉狀的膜。那是進入長期虛擬特有的渙散。那伸出的腳像枯材，或任何無生命的物體。她拿起那腳撫摸，乾枯發硬的觸感讓她知道那尖端已經纖維化，就像那些她聽說放棄自己身體的人會發生的。

她從來沒有認真去聽他們在媒體上說的那些，要小心那些長期虛擬上癮帶來的後遺症，那些棄守身體的人的身體亦放棄了他們。這被稱為有意識的漸凍症，讓她想起一〇年代許多名人在社群上仿傚漸凍在自己頭上淋水的那場媒體瘟疫，又被不無戲謔地被稱為生前靈肉分離。

那床顯然是綠好幾天來待過的唯一地方，因此非常汙穢。她小心費力的將綠移開，那身體雖然已被綠棄守了，仍然有相當的重量。她將衣物除去，用毛巾做大致的擦拭，再將綠移至浴室沖洗。

在水下的綠，呈現出一種柔和的透明。那身體瘦得可憐，但雖然已經如此，還是有某種生命在裡面。某種生的氣息。像植物一樣在身體裡伸展著。她把手伸到綠濕漉漉的耳後，取出晶片，期待綠會醒來。

但即使在乾淨的床上已經沉睡了三個小時，綠仍然沒有恢復意識。她的眼睛緊閉著，眉頭微皺，好像帶著不安。她想起綠平常明朗愉快的樣子，這樣的綠，到底在哪裡正經歷一些什麼呢？

她決定打電話給醫生。雖然已經很晚了，但這個醫生是綠從小的家庭醫生，他答應了，接通虛擬後就到了屋子裡來，看到綠的情形他皺起了眉頭。

她使用長期虛擬多久了？他問。

我不知道，她只能說。確實，她發現她不知道任何事。

從她手和腳纖維化的情形，已經有一年以上了。醫生說。我們要來判斷頭內部的情形，希望沒有纖維化的產生，不然後續的影響將無法預期。暫時不能讓她使用晶片。

她像任何一個聽聞小孩生病的母親那樣，默默無言的坐在那裡，一邊想著中間哪個環節自己做錯了什麼，造成這樣的結果？

一個尋常的見解也許會是，綠的爸爸的離開，造成這樣的情況。她回想著她那個對生活永遠帶著嘲諷和一種錯置的熱情的前夫，執迷於各種理論和新科技，在綠還是一個小孩子的時候，他離開了她們，因為要去尋覓和探索。這就是他會說的話，甚至沒有一個受詞的對象。也許是火星或土星之類的地方，剛開始還有一些斷斷續續的聯絡，但隨著那變得越來越稀薄，他不曾再回來。

她沒有問過綠對這件事情的看法。那就像是一種自然的現象，像春天的到來，或家裡貓年齡太大造成的死亡。她們照常生活，綠長大，離開家去大學，找到工作，她有自己的日子，然後發生了這樣的事情。

她們曾經那樣不厭其煩過著日子。綠小的時候，是個瘦小的孩子，肚子微凹進去，吸氣的時候看得到肋骨，頭大大的，從瀏海下害羞的看人。她因此每天做菜，在那時候是個不合時宜的事情，大家已經在推廣以代餐取代正餐，用粉末和藥丸來換取去買菜的時間，金錢和造成的環境汙染。她每天出去買菜，一些來自鄉村的人自己運來自種的菜，帶著露水的冬瓜，上面結著小黃花的黃瓜，沾著泥土的尖尖的竹筍，一塊塊帶骨頭的暗紅色的豬肉，她買回去，流著汗水提回家，做成湯，炒菜或煮熟了放涼做成涼菜，切碎了餵綠吃。綠會像小鳥那樣張大嘴巴讓她餵，或遇到不喜歡的，皺著眉頭，別開頭說不～要！她曾經是那樣的小孩，好惡分明而勇於表達。

然而她看著綠逐漸強壯起來，從軀幹開始，肚子先澎起來，然後是胸膛厚實起來，四肢開始變得肉墩墩的，臉像吹氣那樣圓起來，下巴和脖子中間的界線因此變得模糊。她幫綠換尿布時因為那重量而覺得欣慰。她掌握著綠身體的循環像一個小型宇宙。

她看著現在的綠，觸了一下那腳底，因為乾枯而發硬，她收到醫生傳來的訊息，所幸綠的腦還沒有纖維化的跡象，但為了避免之後來不及，必須先上傳現有的資料，因為綠的自動上傳已經被毀壞。

她手上拿著那晶片，屬於綠的晶片，她要用那個進去，把綠的資料和物品收拾一下，然後出來。法則是你不能待太久，不然你會忘了自己是在用別人的腦子。當然交給專人應該比較好，但是那是屬於綠的東西，而綠是她的女兒。

她沒有花太多時間就用工具打開自己的頭殼，換好了晶片，雖然伴隨著手指的顫抖，然後眼前暗下來。

再亮起來的時候，她在一個感覺熟悉的空間裡。右手邊是一扇大窗戶，可以俯視外頭灰色的街道，屋裡有簡單的壁櫥和一個滿是刻痕的長書桌。她稍微凝神便想起，這是綠小時候的房間。她們在綠的爸爸離開不久後換到了這個公寓，之後再換過幾個。也許綠對這裡有特別的記憶。

她環顧四周，房間裡非常簡單，沒有多餘的物品，僅有一個簡單的三層書櫃靠著牆放著。綠把資料以日記本的方式排列在書櫃上，從一到五冊，她看了禁不住覺得好笑，這方式實在是非常復古。

她收拾了書本想帶走，發現五本疊在一起並不好拿。她看看房間裡面沒有一個可以裝東西的袋子，在壁櫥裡翻找，沒有。

當她打開書桌的抽屜時，她承認她有點盼望一個入口或是通道，通往綠的所在地或內心深處。但是只是一個木製的，空無一物的抽屜內部。

然後她在這房間睡著了。

她醒來，發現自己竟像一片羽毛飄落那樣，墜落在睡眠裡。房間裡還是像之前一樣的安靜。外面的世界卻暗了下來，黑黝黝的什麼也看不見。然後她記了起來，那就像壓在水底，但終於從水裡浮起來的浮木那樣。

在這之前，她曾經一連好幾年沒有和綠說過話。她甚至不知道綠那幾年在哪裡，或在做什麼。

斷裂的點是綠的交友。綠一直是個聰明而感性的女孩，而在那底部埋藏著對自己的不安全感，就像所有這樣類型的女孩，她在選擇對象時，總是會選擇需要讓自己照顧的對象，然後像看到值得同情的路邊野狗那樣不顧一切的抱回家。父母雙亡連家都沒得回去的，或有嚴重的傳染病，不然是本身個性有問題造成沒有人想和他們一起的。就像是故意的一樣，綠總是找到這樣的對象。

綠那次帶了一個男孩子回來，和以往不同。他沒有明顯的外傷，臉上帶著笑意，但從和他說話的過程，她得知他的內心已經無可救藥的腐爛了。而綠不知道。

她把這件事告訴綠，綠的反應激烈得讓她吃驚。

你根本不知道自己在說什麼。綠尖刻的說。如果你看得清楚這種事的話，和爸會弄成那樣嗎？

她無話可說。確實綠說的沒錯，她沒有資格。綠旋即奔出了家門，不再和她聯絡，或接她的電話。

好久以來，她沒有想起這件事情，也許是刻意的不去想，但這件事情現在像正午的太陽一樣熱烘烘的懸掛著，她瞇著眼睛望著它，為之眩目。

綠那時候去了哪裡？那男孩後來怎麼樣了呢？她後來沒有問過綠。那幾年的時間，回想起來，她事實上是在試著消化對綠的怒氣。她對綠懷著深深的，沒法形容的憤怒。那蓋過了她的擔心或情感，像濃煙一樣籠罩著她的心。她看不清楚自己對綠的感覺。也許她一直暗地裡恨著這孩子，她沒辦法離開，為了綠而留守在她爸爸留下的灰溜溜的命運裡。

她掩著臉和眼睛，她想著那幾年裡，是她拋下了可憐的綠，和那爛泥一樣的男孩。她任由那泥吞噬侵蝕她的獨生女兒。有一天綠一語不發地回來了，從此臉上多了那種恍惚的表情。

她支起身體，想拿著收拾好的東西離開這房間。但奇怪的是她無論如何，想不起來她是怎麼到這裡的。牆壁上沒有門之類的東西。她思考著也許從窗戶爬出去，但對外的窗戶靠近看，原來那看起來很逼真的街景是貼在窗戶玻璃上的。她用指甲摳摳那貼在窗上的紙，整個窗戶旋即脫落，牆壁向她傾倒過來，接著是壁櫥和另一面牆。整個房間摺疊起來，有如綠小時候她會送的立體聖誕卡片那樣收疊在一起。

她被夾在裡面動彈不得，身體卻不覺得有壓力，反而變得非常輕盈。眼前是昏暗的。但多年來的憤怒和迷茫像風雨過後的天空那樣被清洗得好乾淨。

原來她已化為綠的記憶。原來事情是這樣安排的，她慨然的靜止著。

於是她像一則好記憶那樣的躺著，等待下次綠的召喚。

當她醒來，她全身痛楚，彷彿被整個寒武紀碾壓。她的意識四散，被連根拔起，不了解關於自己的一切資訊。不明白自己是誰。她事後回想起來，那是一種極接近幸福的狀態。

她昏迷的這幾天裡，綠有了一些進展。醫生說。可以說是清醒了。她正要出聲，醫生又說，在腦中搜尋詞彙的樣子亟似在找路。但怎麼說呢，綠好像是迷路了，迷路在自己裡面。醫生終於說。

綠被帶到她面前時，她原有的希冀醫生犯錯的希望在胸口熄滅了。綠靜悄悄的坐著，臉上表情沒有收攏，她伸手去觸碰綠的手，綠的反應讓她知道，這個表達情感和知覺的舉動，目前對綠沒有任何意義。

醫生說，在她登入綠沒有多久後，綠即恢復了意識。從醒來到現在，都保持著這樣。簡直就像兩人的意志進行了交換。綠臉上是童騃的神情。和以往明晰通透的樣子大不相同。一天相處下來，綠對她的接觸似乎並不排斥，偶爾還會表達出依戀的樣子。她心裡打算帶綠回到熟悉的環境，也許進展會快起來。身體大致恢復了正常後，她就辦理了出院。

尚不知道未來的人將怎麼做，但搬遷一向是原始的。她把綠遷回家，再把所有東西安頓下來，花了半天時間。她坐下休息，邊看著綠，綠依然故我，在屋裡散漫的或站或坐。本來在她的想像中，綠是全面性的退化成原本的百分之幾十，但綠如同夏日的樹木那樣變得班班駁駁，有些濃綠和淺綠混雜，展開出全新的綠色來。

語言對綠來說，彷彿是種多餘的東西。在回家路上，綠充滿驚喜的注視灰色的天空和金屬建築物，彷彿是第一次看到。也許經歷了長時間的虛擬，綠需要真正堅固的物資。然而她不確定，綠可以分別其中的差別。老實說，幾天前進入綠的虛擬經驗讓她感到心有餘悸。那裡的空氣，光的質感與真實完全無從分辨。她因此時常懷疑的環顧四周，看看是不是有破綻。然而總是沒有，不完美而無從察覺。

在綠的小時候，人們還在觀賞電視的末代，如今那被視為一種粗陋而不全面的感官經驗，像閱讀一樣過時。那時候虛擬尚在觀望的時候，她便發現自己不能接受這種意志全面被接手的想法。她常開著電視，用那做為背景，在一旁走來走去的忙自己的事。小時候的綠非常喜歡電視，常目瞪口呆的注視著，結束便懇求她再來一集，她是上個世代的人，尚沒有那種器官用壞即換的觀念。她總是擔心綠的眼睛，或許還隱隱有不願綠沉浸在電視裡的想法，總是在半小時左右就關掉，過了許久再打開。

有次她在電視被關掉冷卻的期間，走過了坐著等待的綠，聽到當時年幼的綠喃喃自語，好想進去電視裡啊。雖是孩子的童言童語，但她的第一個反應是被冒犯。好像這個她提供給綠的世界不夠好一樣，讓綠想逃離。

雖然她自己也想逃。

她著迷於書籍，歷史，或瑜伽等等上世代的嗜好，常和綠的爸爸發生爭執。綠的爸爸是堅定走在時代尖端的那派，任何舊事物的消滅，無論其意義或歷史，他都視為進步。當象徵文明的最後一家書店要拆除時，她要帶綠到場見證時，被綠的爸爸制止。綠的爸爸在門口阻止，不讓她們出門，年幼的綠不知所措，以至於在門口痛哭了起來。綠的哭聲像下雨一樣，高低起伏，充滿不知道是被拉扯或被阻止的驚怖。

良久之後，綠的爸爸終於開口。他彎下身來對著綠潮濕的小臉說。你們可以去，但要記得，這是高興的事。不要哭，要笑。

她們到了現場，書店是一獨棟房子，位於市中心的一角，因為政府回收還遭拆除。每當走到街角，看到書店一樓的門口石雕，她還可以想起那種像快到家的手腳微微放鬆，毛細孔張開的感覺。她記得步入書店那種紙張中性的氣息，人們自動的輕聲細語，像怕吵醒那些倒臥沉睡中的書本，那些被遺忘的，與人無關的時光。

到場的人皆沉默的站立。像目睹一場死亡，政府彷彿唯恐人們對於這個空間還有更多的想像，聘了卡車和裝了大鐵球的車輛來，當大鐵球往後擺動，匡啷一聲擊中建築物的中心時，她看到旁邊的女人臉部扭曲，幾乎站不住。而她的綠，那張上揚的小臉上盡是笑意。

日後她想起這件事情，她總是想成，在不遠上空有個神明——另一個落後的思維，不管是主宰進步或其他——綠在對祂致意。

之後不久，當虛擬延燒，在人們的日常中逐漸成形。綠與綠的爸一起，去了診所打開了腦，做了人工的晶片插入口。她沒有加入。亦沒有在門口阻攔。但也許她的不加入已經說明了一切。難得出門的綠，沒有平時要出門的那種興奮，異常安靜。綠的爸爸沉默的蹲在地上，為綠穿鞋。那角度讓她可以同時看到他們潔白的耳後，那個晶片插入的預定地。政府宣導的無痛，方便與快速對她起不了作用。在她腦中，那個大鐵球砸向他們的腦的畫面歷歷在目，如此真實，好比開了虛擬。

之後虛擬便籠罩她的生活。每當綠和爸爸在一起，他們最後總會打開頭蓋，那真是恐怖的景象，皮肉那樣撬開著，露出裡面的線路來。然而他們那樣輕鬆戲謔，放進晶片後，開始在她肉眼看不到的範圍活動著，跑或跳，或突然間哭泣悲傷。她注視他們，這些觸不到的，身首異處的家人，感覺陌生而不真實。

然而這又是最真實的了，她告訴自己，人們之間的疏離，專家會說，在後手機時代，也就是二〇年代達到高峰，那個時候的人名副其實的被手機所累，二〇年的大瘟疫讓人被困在室內，與手機共處，造成各種眼睛，姿勢不良造成的健康問題，各種看不見的出軌與犯罪問題。在三〇年代的除手機運動開始被人們所重視，三〇年代，她充滿懷念地想，三〇年代曾經是一個復興的年代，人們懷念過去，重視身體與心靈。人們又開始讀詩，不為什麼而爬上山岳又爬下來，在月亮下散步和思考。她在那時候重拾了瑜伽練習，她拗折自己身體，意識像燈，在自己的身體內外閃閃滅滅，有時候那麼明亮像曾經的黑夜中的明月。她藉由它的照亮，看到山巒起伏，海洋起滅，草原延伸。她因此死守著它像最後的水源。

然後是戰爭，突如其來的，把人們累積的反思摧毀。實體世界被全然的，不能回頭的殲滅毀壞。池塘與蝌蚪，草叢與蚊子，河川與魚群，一舉被融解毀滅。再也不要出門。她記得那時候的宣導，外面險惡黯黑，充滿了犯罪和化學物質。她再度驚訝於人類的腦剪輯的能力，關於戰爭她最記得的反而是戰後，政府的電動車放出機械人聲的聲音，滿街慢速的跑。那種無機的聲音空街迴蕩，在結痂般的地面，比外面更可怕，她覺得。

人們遁逃回到室內，安全無害的室內，然而他們覺得無聊。室內和腦裡可以提供的，不能讓他們停留一部電影的時間（套一個上個年代的單位）。他們的注意力如此渙散，不足以照亮身體，不少人開始生奇怪的病，手腳舉不起來，整日的沮喪，失語症。虛擬從那時候，再也沒有任何遲疑的進入人們的生活，以及他們的腦。

還沒有裝置晶片插孔的人，比如說她，在政府的強制下去進行裝置。他們坐在鐵殼的與外面隔離的連結車裡，一批批的前往醫院。用意是確保你們的安全和國家安全，政府向他們保證。過程快速而無痛，就像他們說的一樣。用光照射後失去知覺，用雷射刀切割開，甦醒後她的左耳後面多了一個閘門般的開口。她自己很難看到，只能用手去觸摸。輕壓則小門無聲彈開，之後是光滑流線的表面，一個方形的小凹口置於當中。比綠那時候的更加進步。

她常伸手去觸碰，不能確定是賦與還是剝奪。以一個意識守護者來說——這是在三〇年代出現的詞彙——她應當拒絕他者麻痺她的意志，侵入她的身體，設置永久性的開口進一步的侵入她的意志。她應該嚴拒，在身體和頭腦前面樹起柵欄和武裝，然而她覺得已經勢不可擋，綠已經有插口的這件事，老實說，讓她放棄抵抗。她知道人們會怎麼說，然而綠是她的獨生女，她的血和肉，是她自己以為的，意志的延伸。既然從綠那裡已經有了破口，那便罷了。她是這樣想的。她的意志馴服，尖刺收起。

然而那種無所不在的低鳴嗡嗡聲，讓她幾乎發狂。她一再的回到醫院，醫院一再和她保證這是她的想像。設置開口絕不會影響腦壓，和顱內的平衡，完全是心理因素。我不需要別人告訴我聽到的是錯的。然後她訝然發現，也許她很早以前就錯了，從她的記憶，愛好到感覺，都不正確。

她躺在床上，極為不舒服，還好她有自己的房間。這時候綠的爸爸已經加入政府的移民太空計畫，她索性把他們的房間改為她的，大量的舊文明在這裡面發生，他會嘲諷的說。她焚香，使用亞麻和手織布，床上是草蓆。她討厭近來流行的科技布料，確實那可能冬暖夏涼，自己洗滌自己。然而她的皮膚會因此失去了自己的記憶，沒有調節能力。她討厭那布料不鈍不滑的那種陰惻惻的氣氛。屋裡播放她冥想使用的音樂，偶爾有人聲穿插。

她深深吸氣，直到氣息充滿下腹，呼氣直到肋骨下壓，寸草不生。這個世界是個意識的世界，那個聲音說，你感覺的一切都不是真實。

她把那個聽進她的耳朵，它在血管裡循環，散發出一些像電那樣的東西，她不知道她是真的看到還是想像。有差別嗎，她雙眼緊閉，眼前是雷電狀的綠色和藍色。她想像著光。

●

綠在屋裡行走，渴的時候喝水進食，累了就躺下來睡覺，像自己的主人。過去因為使用虛擬過度造成的退化，已經逐步的被融解。這幾個月來她看到綠如嬰兒學步，緩慢的進展。偶爾也會表達想法，搖頭皺眉，比如她每天早上把現打的蔬菜汁放在桌上時。她把這個也視為進步。

有件諷刺的事就是，綠的病是因為虛擬，而復健也要靠虛擬。現在的室內空間都太小，沒辦法提供綠需要的運動量。醫生解釋。必須用場景的互動虛擬讓綠多多活動。

我知道你的疑慮。醫生說。但綠之前的狀況是因為近乎惡意的用法錯誤。只要正確的使用，虛擬其實有它的好處。

她於是每天幫綠把晶片如藥錠裝入，看著綠在屋裡漫步，表情時而愉悅，時而好像見到至強的光那樣躊躇。她總會有點擔心，但強自按捺。畢竟綠不斷地在恢復當中，胃口變好，皮膚也恢復了光澤。而這幾天的綠，在晶片放進之前，明顯的雀躍。從頭到尾帶著微笑，有幾次流下淚來。結束後全身都癱軟疲憊。

她想著要一同登入。醫生有叮囑過若是覺得情況異常，便一齊進去。她做好準備，敲開頭蓋。然後她轉頭看見了綠。

她總是把綠和其他做比較。以前的綠，和自己的從前，和綠的爸爸，和生病前的綠。而現在她看著綠。綠正翩翩起舞，她想著蝴蝶，但綠就是綠。綠的形態和神情，是她沒有看過的，自然而輕巧。光投在綠的頭髮和肩膀上，在地上造成朦朧的影子，每樣都是她第一次所見。綠的眼神垂在地上，隨動作拖曳，臉上帶著只能說是神聖的表情。類似微笑，或極度的虔誠肅穆。綠裡面的世界超越她的想像。也許是無盡的廣穹的平原，或深深的，安靜如死的深海，或是燦爛如夢的，盛開的花園。綠看起來像新做好的，那個東西飽滿的懸在綠的頭上，她不解為什麼她之前沒有看到。這是綠的人生。那是綠自己的世界。

如今她看著綠。她看著綠。

生根記

不再年輕了，還是可以繼續那樣的生活嗎？

這個想法對他衝撞而來，是在一個小型的演唱會上。他一直都在國外，更精確的說，紐約。三十八歲在紐約還算年輕。何況他單身，不用去考慮搬出城的事。他的許多朋友，在三十歲過後陸續結了婚，之後像搭火車那樣依序生了孩子，痛切的發現在這裡的生活從樂園變成了痛苦大觀。地鐵沒有電梯於是帶著嬰兒車上下樓梯成了折磨，買了車在城裡找不到車位，停車場一小時要三十美金變成了折磨，請保母一個月要兩千多美金假日無處可去更是折磨，他們都搬走了，到上州，到紐澤西，到加州，或回到亞洲。

他不是被這波浪潮沖出去的。他的生活無可挑剔。在上東區上班，一個網站設計的小公司，公司提供有機蔬果氣泡水和駐店的按摩師，同事間很和諧，六點以前就可以走，每一兩個月就到老闆在康乃狄克的大房子過周末。

他住布魯克林一個自購的小公寓，是去年剛買的，全新，才五百平方呎，但被他布置得可以上雜誌，事實上還真上過，極簡全白。唯一是一排Ordin的香水在門口，還有地上的Common Projects的各色鞋子做點綴。

他過得很好。他薪水稅後有九千美金，在上東區有一個公寓在出租，一個月拿回來三千元。因此他去蘇活區的高級熟食店買菜，不然去中央廣場的有機超市，他每周去聽演唱會。周末下午戴著墨鏡在貝福大道的咖啡店吃早餐，或做完熱瑜伽，去買貝果夾著鮭魚吃，在東村的小獨立書店看書。晚上跑到布魯克林的深處，在像牆上挖個洞就開起來的小店喝酒，和鄰座的人似真似假的聊起天來。

他這七、八年來都這樣過的。剛開始當然窮一點，在學校的時候先在圖書館打工了一陣子，去幫忙朋友的案子，和室友同住東村的爛房子，去Trader Joe's買便宜紅酒來喝，排隊在中央公園看免費的莎劇。

然後他開始享受一個成年人在紐約的生活。他變得大膽而逐漸建立了品味，知道在西村哪裡買手工鞋，在哪裡可以吃道地的祕魯菜，哪個最近很紅的酒吧入口怎麼進去，他活得像一本行走的消費指南。女孩們來了又走，廝混一陣子之後體認她們不可能敵過這樣的生活，而他依然故我。他不會老，紐約不會老。他漫步在跨年夜的威廉堡，曾經的倉庫毒窟間，潮人滿街，纖細修長的女孩們裸露著腿和背，喝醉路倒的人和積雪相混，大麻味在冷冽空氣裡凝結，他手提Strand書店購物袋，信步走至新開的旅館酒吧喝一杯馬丁尼。回收的老磚組成的牆，回收的老橡木釘成的吧台，這年頭舊即是新，新不如舊，他對自己舉杯，年年如今日。

有一年颶風來襲，他住的地方在河邊第一排，面對著東河，和對岸的電廠。他喝著紅酒，看到東河在強風下劇烈的滾動，冰冷而憤怒，突然一陣急閃亮光，事後才得知是對岸的電廠爆了，整個下曼哈頓和他這邊的布魯克林頓時陷入黑暗中。他呆呆坐著，還不能反應。他非常怕黑，而紐約從來不黑。他摸索著，想不起在哪裡有火柴，好不容易才摸到了廁所裡有他的香氛蠟燭和火柴點燃。點了也不知道做什麼，他再度把它吹熄，闔上電腦和剛在看的影集。他躺在床上，把眼睛索性也閉上。他有個感覺，世界在他醒來後會不一樣了，而他無能為力。

電還是沒來，他晃來晃去了好多天，上班停了，地鐵也停了，去曼哈頓要搭渡輪跨過東河，他在寒冷中排隊，看到有人開始在加油站因為汽油而排起長龍。他到曼哈頓買吃的，布魯克林這頭沒有電，餐廳都關了，他往上走，直走到了三十幾街才在一個希臘餐廳買到肉丸和葡萄葉包飯。走的時候他把沒喝完的罐裝可樂也帶上，以防萬一。他走到街上，看到人人臉上帶著那種防衛陌生的表情，像河上骯髒的浮冰。他好不容易在一家雜貨店買到一些麵包，又排隊搭渡輪回家。他沒進船艙，站在外面，任由冰冷的海風灌入他的夾克，他發現不瑟縮，反而不會那麼冷。就這樣吧，也許就這樣了。

過幾個月他就回台灣了。他沒有回頭看，也沒有送別之類的活動。只是實事求是的處理了事情，裝箱打包，海運，出租房子，找公司管理公寓，辭職，和客戶同學道別，兩個禮拜就搞定。最後幾天，家徒四壁而無所事事。他從下東區走到中央公園，中間橫跨了幾條大道，他走著，偶爾抬頭望望，高樓蔽日。第一次領悟到他真的生活在一個金魚缸裡，就算在走在跑，仍然無法掙脫。他們，他和那些人們，都一樣，人人都像頭套著玻璃罩，他們都看著別人表演著生活。這些歡樂洗練的紐約客。

而生活是什麼，他邊走邊無意識的想，是否是這些細節組成的，走路，吃飯，坐下來。他坐下來在公園的邊上，接近中午了，仍然有人在跑步，穿著跑步專用的衣服和鞋子，跑得全身冒汗，眼神迷離。他站起來繼續走，以避開公園門口那些馬匹的氣味。他也跑過，不跑的時候，看見跑的人，實在很難體會做這件事的目的。他靜靜的走著，想起過去在這裡做過的事，那些讓他覺得是紐約人的事，他投票，探索荒蕪的區域，吃各種異國食物，參加社區開發的會議，在各種聚會裡認識人，在地鐵故障時不抱怨的迅速下車自己想辦法，參加九一一的紀念活動，跟讀報紙上的專欄，看各種前衛詭異的展覽，在布魯克林的街上跑步。那些事情，就像太陽下蝸牛爬過去留下黏答答的痕跡，曬過仍然在那裡，但僅僅是痕跡而已，不再關他的事。

他隨時可以走。隨時。

他回到台北，仍然感覺自己像一台脫軌的列車。他被靜置在原地，好像還沒有從剛才的高速奔馳裡回過神來。行李還沒有到，幾乎像離開紐約前的延伸，他只過最起碼的生活，吃和睡眠，不去攪動自己的周遭。然後一點點的慢慢的展開來，當他有一天醒來，發現自己又開始全速的在生活了。

生活是什麼，也許他現在有了一個模糊的概念。他感覺過去的幾年他像個剛被沖上岸的身體，好不容易弄乾自己，用石頭摩擦身體，去除身上人類的腥臊味，用海草和貝殼妝點自己。過去那幾年，做的就是這樣的事而已。如今他又一次的被沖刷上岸。他已經不想用力氣了。他只想讓這個生活的流帶著他，看它要去向哪裡。

然而時間是個問題。他再度不由自主的淹沒在燦爛洗練的都會生活，任由它帶他去聚會和認識人，而他已經過了三十八歲。這讓他在這個演唱會裡陷入沉思，或者說從這個詩人歌手中古世紀般的吟唱中醒來。他環顧四周，評估起周遭人的年齡，二十後段，三十出頭居多。他過去沒有留意的，原來除了地點，還有時間。時間悄悄的移動著他，移往他或許不願去的地方，那裡是寒冬，需要穩定的生活和堅固的房屋來抵擋。

他還有多久時間，他問自己。

和他一起來的同事女孩側過頭看他，三十一歲，她覺得自己不年輕了，但還輪不到別人來說。她還在遠遠的一端。

他想起那年跨年的舉杯。他此刻多希望自己是一個人。在那個異地。那個不老之地。在流轉變幻的人造燈光裡，在這個迷離的藍色燈光下，他像離了水的魚。他在迅速的乾枯衰老，一分鐘老過前一分鐘。

紐約紐約。

然而那是逝去的，被遺忘的時光，在白晃晃日光下不宜多想。他第二天照常的上班，如今他自己開了公司，依舊是個小設計事務所，和以前一個做網站的朋友一起，朋友是土生土長的，台北人。對他中間不在的這段時間不能意會不能領略，亦對紐約沒有不切實際的憧憬，他很欣賞這點。工作結束後他去酒吧和咖啡店。有時候他會遇到從紐約回來的人，我搬回來三年了，他們會那樣說，在黑暗中，看不到表情，而聲音是黯然的，台北好無聊。他們扁平的說。

好像被誰虧欠了那樣。

他不知道怎麼想這件事。紐約是個好玩的地方，各種人，個性，和反應。沒錯他喜歡它的反應靈敏，每當他經過一處比方說布魯克林的角落空地，心想這裡該有個吃的吧，下周很可能就地開起了一家拉麵店，就像他想像的一樣，甚至比他想的更好，也許還有賣上州的精釀啤酒，和當地人手工製作的派。附近的居民會去吃，可能包括隔壁穿著瑜伽褲頭髮蓬亂的白人女子，帶著她的孩子，隨意精明的吃著，仔細一看發現是個電視明星，可能還帶著從電視裡鑽出來的靜電微微。

他確實覺得自己是這個城市的一份子。這是個聰明洗練的城市，在它裡面，他也機智起來。

但如今在這個世界上，他環顧四周，哪裡不無聊？覺得已知的東西無聊，又一面努力把未知弄成已知，那不是越活越無聊嗎？

海運的行李終於寄到，整整三十箱，買回來時是一大疊褐色的厚紙板，很重，他扛回家，凹摺成箱，開口處細細貼上寬膠帶，他以往的生活殘骸終於漂流而至，像海難後的倖存，上面仔細標示著廚房，浴室，鞋子，或是書。脫離以往的生活架構，這些東西成了多餘的廢物。他抱歉的看著它們。他已經沒有它們生活了三個月，這證明了他不需要。他勉力拆了十數箱，花了一個下午和晚上把它們歸位。而其餘的十幾箱被堆放起來在儲藏室，看哪天有空再繼續吧。他知道他不會再去碰它們。

他回來已經快四個月，然而他不去想時間。台北挺慢的，有時候他覺得在這裡工作簡直像在開玩笑，他指的不只是薪水。他覺得他好像是從大聯盟退到學校社團的棒球員，這裡仍然有制度要去遵守，但是規則更加若有似無。公司裡請了四個員工，都是二十幾歲穿著入時的年輕人。他覺得他們很難懂。不只因為他們都不太講話，在安靜下好像皆有種難以言喻的不滿，像水裡的暗流，不知道是對他或對世界。他們都沒有錢，他們都想去紐約唸書，然後他們拿到薪水就去日本玩。

他也去旅行，去上海，東京，曼谷那些他之前因為距離太遠而好久沒去的城市。只是去看看，就像他和問起的人說的。他從機場出來，拿著行李，車子隨即開在似曾相識的高速道路上，在峽谷般的高樓中穿行，或有雲，或是太陽或雨。到達旅館，check in 在彼此相似的房間裡，他隨即出門探索，走在城市裡，在不同的語言時區和幣值裡，他還是驚訝於自己那種立即想改變自己的心情，哪怕是他還沒有讀懂這個城市，他已經想順應著它改變。在東京，他立即想融入那種高畫素般的極乾淨清晰，彷彿連思緒都照無印良品的收納盒那樣排列整齊，和服務生或店員說話時他且頻頻點頭，像他們那種小動物般的點頭微笑極有禮貌。衣服他穿黑白灰，頂多加入一種他之前不會穿的小叮噹藍。在曼谷，他嗜吃那些極鹹的泰國菜，穿戴那些百貨買來的當地新銳設計師作品，多半前衛而螢光；或者他晚上會去到當地人不會去，白人居多的殖民地風格酒吧，想也不想換上亞麻質地細白襯衫，卡其褲，和英文。再晚一點到中國城去吃燕窩，考慮著回去後，要布置多一些那種華麗的暗金色在生活裡。

在上海，他察覺到在梧桐樹下他變得懷舊而世故，還有易於感傷，雖不至於低到塵埃裡，也許是那裡總是陰鬱昏黃的天。他走在時髦的巨鹿路，看到一個年輕人，留著鏟得高高的三分頭，發現自己在思考著變換髮型的可能性。如果可以，他還想買一雙一樣的湖水綠慢跑鞋，他想要變得更外放，更不可捉摸，總之更不像他自己。

所謂的 reinvent yourself，把自己重新塑造。

他開始懷疑旅行可以發現自己這個理論。

他回到台北，他熟到那樣一點風格都不給的城市。灰得沒有情調，舊得沒有風華，然而在回家的路程上，他一點點的拾回了自己。在到家前他已經完全組裝完畢，回到習慣與熟悉的氣味裡，像穿進一件熟悉的睡袍。

生活是反覆，生活是藤蔓攀附在既往的架子上。

也許他去得不夠遠，他在想，於是他計畫著去遠方一趟，也許是不經意想到的，耶路撒冷。他想像那異質的空氣，疏離而傷痛的人們，盛載著歷史而顯得濃稠的死海。他預備著出發，邊安排著工作，蒐集行前的資料，準備申請簽證。

或者是熱內盧。蒸騰的熱氣，奔騰的熱帶花卉，和充滿惡意的犯罪。立在山丘上的巨大擁抱。

然後他發現他病了。本來是些微的頭和脖子發緊，有點熱度，像稀飯質地那樣蔓延全身的倦怠和痠痛。他自己去藥房買了成藥，下班路上買了湯回家喝，飯後倒垃圾還在便利商店買了維他命C錠泡水喝，自認為對自己已經仁至義盡。

接著是排山倒海的高燒不退。身體如墜深海，沒辦法使力，因為熱度全身出了玫瑰花一樣的小斑塊，他去廁所，腳踏在地上，覺得地板何時換了質地，特別的冷和堅硬。他恍惚的高踞馬桶上，寒冷飄搖。回到床上，床單顯得粗礫悶熱。他躺著，感覺自己消融，從肚子，到大腿和肩胛。眼前不斷出現如無數海葵綻放的圖像。燦爛到極點而令人作嘔。

他稍微可以坐起來恢復生活，是六天以後，他在迷茫中有打電話去公司交代，他那個三十一歲，聰明的助理安排了所有事，送了粥過來。他看到鏡中的自己，像經歷一場遠遊。眼眶凹陷下去，鬍子漫溢出來，他伸手撫摸自己的下顎，腋下和所有皮肉關節相連處，皆是鬆鬆垮垮的。他費力穿整好到了公司，所有人包括廠商見到他一副見到幽靈的反應。回去休息，這裡有我們呢，他們不住勸他。於是他看了看，回幾個 email 就回家。

他依稀記得他有個到遠方旅行的計畫，但那已經對他而言不需要了。他像個剛回魂的人，寧願在附近走走，定定神。他還沒有去過新莊呢，他想到。

於是他去了新莊，坐公車，車上都是一些泥土質地非常務實的人，或是用濕雨傘摩擦別人的學生。他下車，灰撲撲的，沒有什麼行路的地方，修車廠，和輔大。一些沒有溫度的連鎖店，屈臣氏之類的。有點像布魯克林的亞特蘭大大道。

他搭上捷運往回到台北車站，從那棟灰色，烤麵包機一樣的笨重建築物出來，在飛揚汗味塵土的學生群中走路，經過在添好運前面的人龍，他們皆注視手中的長方體，那讓他們顯得有地方可以去。他走過喜來登飯店前面等車的，轉彎，經過他以前讀過的高中。那對他來說就像前世，再加上病裡延續的恍惚感，簡直是白日見鬼。

他穿過杭州南路後面的巷子，灰色的地，紅色的公寓門，偶有一座公園經過，點綴一些綠和停止的人。他像一輛慢行的車那樣行走，偶爾躲在停放的車間讓真正的車輛通過。好不容易到了他的公寓，他掏出鑰匙，深深呼吸，準備好走上四層樓梯。當初找到這個房子也是在一次漫遊中，看到招租的廣告便由仲介帶上來。面對一個小型公園，綠色樹梢滿滿的貼著陽台。他馬上就租了。

住進來之後發現很潮濕，有漏水問題和壁癌。他於是自己想了很多方法找了人來修。修畢把老櫸木小木條地板上黑漆，往陽台的落地鋁門窗換成老木頭框，紐約蒐集的老台燈一放，來的朋友都說好像回到了紐約，他每每聽到這樣的話都有點訕訕然，覺得自己像蝸牛把道具隨身攜帶，一下布置出個假紐約來。

這時候的公寓一點也不像紐約了。四點鐘的陽光斜斜曬入，熱氣繚繞，分明是個台北。他汗涔涔爬上樓，打開冷氣，屋裡很亂，桌上水槽盡是病裡用的杯盤碗筷。他洗乾淨，順手刷了廚房，又打一桶水把地板擦擦，冰箱裡放太久的食物丟掉，洗一趟衣服。

他順便把自己身上穿的衣服就地都脫了，丟進洗衣機。然後把自己也洗一洗。泡在水裡，他發覺自己真是瘦了一圈，需要補充營養。他一邊把自己擦乾，一邊看手機。朋友邀他去吃羊肉爐，和一些不認識的人。他想著自己去吃別的，但還是說了好。他從衣櫃裡拿了衣服，一種紐約的陳舊氣味混合台北濕氣的味道，他穿上帶著那氣味出門。

日光燈下坐了一桌人，有幾個他認識，都是從紐約回來的，幾個比較年輕的女孩他沒見過，還有幾個一看也是業界的人。朋友給他介紹了。Michelle，Vivian，Katrina，Emilie，老吳。原來是倫敦回來的一群，女孩們一臉犀利的樣子，其中穿著短皮衣，眼神厭世擦大紅唇的Katrina已經發話了，台北好無聊。亞洲人做事方法不習慣。他一聽便趕緊挾菜。實在也餓了，還有不想看見或聽見那尖銳。他覺得對那個感到疲憊，疲憊而厭倦。

但Katrina才剛開始。從公民素養開始，到公司文化，老人尸位素餐（他大膽猜測指的是四十歲以上的人），娛樂膚淺（她曾經可以去小劇場看各種劇團聽世界樂團如今困在這裡，而這都是政府的錯），連一塊正宗牧羊人派都吃不到，經濟低迷，政治紛亂，主權不明，核能發電對島上人類造成巨大的威脅卻不見有人採取行動，他隨著她說話的速度同情的點頭，邊大量吃下燙熟的高麗菜和金針菇。

Katrina語畢，落入沉默中，就像那些話語被拋擲入一個專門蒐集抱怨的宇宙裡。也許都是真的，而他只聽到自己咀嚼的聲音。

那你幹嘛回來，老吳問，語氣不是真的問，而是做收尾，顯然已經聽過好幾次了。

我爸媽，我家都在這，Katrina扁平的說，他抬起頭望了一下。這樣的一個大女孩子，全身長刺一樣的標註自己想法，像貼滿標籤貼紙的電線桿的成年女子，也是從幼兒長成，中間一條細細的線般的莖，連著以前。

你很餓喔，Vivian還是Emilie對他說。他笑笑，勸她們也加入。他陪著又坐了一會兒，以工作為理由告辭。女孩們說改天去他辦公室參觀一下，他一口答應。

他走路回家。台北的夜並不靜，腳踏車，慢跑的人在他背後此起彼落，而他只想走走，覺得無思也無想。他年輕的時候，指的是十年前，也許是剛才那些女孩的年紀，在夜晚的路上走著，常常會鼓足了氣那樣的興奮莫名，覺得自己年輕而所做的一切都算數，連在路上走都帶著象徵性的意義。他也會抱怨，找朋友出來聊天，抱怨理想與現實的差距，然而就連那抱怨亦隱隱帶著表演性質。總之那時候的一切，帶著明亮和光彩，像白天。

他的人生如今逐漸，要向夜那裡走去。他感覺到，他說的話和做的事，好像和真實的人生並不相干。就像過去和現在不一定要有關連。那個慢慢在浮現，而他只能等待。那讓他逐漸失去語言。

他在夜裡行走。在白日醒來。日子恢復了正常。工作進展得很不錯，他們在大陸有案子，他被邀請到學校兼課，在一些比賽中當評審。他被朋友邀去一些社團，扶輪社之類的以往他覺得是上年紀的人參加的，他也無可無不可的去。女孩子們依約來了辦公室參觀，說也太酷了吧弄得好像紐約，那些海報也太值錢。

在白日裡他亦在台北裡面生活著，早晨起來，九點多十點，隨著人群向離家最近的菜市場走去，在裡面買肉，菜，或水果，有時候是菜刀抹布拖鞋之類的生活用品。經過果汁攤的時候，老闆娘開始會把他叫住，送給他新鮮的鳳梨。他把這個當作是被承認當作住民的象徵。他記得在紐約買菜是個乾爽的經驗，而這裡一切是濕答答的，滿地是不知哪裡來的汁液，後來他知道了，從魚鋪子的碎冰，到雞籠的排泄物，豬肉攤的血水，各種的水到處流淌著。他後來就不以為意了。住民象徵之二。

買完菜他儀式性的會到菜場底端的米粉湯鋪子，叫一桌的米粉湯嘴邊肉豬皮來吃。其他桌也坐滿了買好菜的人，展示一樣，堆放著剛買好的未處理的菜葉肉塊。他從來不知道這些人怎麼忍受這種酷熱，總是很熱，天氣蒸騰著，就像鍋裡濁白的湯汁翻滾，他吞嚼著這些水煮的食物，亦排出了液體，從額頭，胸口，腋下，全都汗淋淋地，列隊滑溜下了他的身體，也許到了地上，加入了剛才那些流淌的液體陣容裡。而這是住民最終象徵。

也許進去後排出，再從孔隙吸收進去，就進入了整個體系。他想著，邊吃進更多食物。米粉湯結束後，他到隔壁吃豆花，他舀起一匙，放在嘴裡，假設自己沒有任何記憶，豆花便變成一種莫名其妙的，白色無味的渣漬，而他讓捏緊的記憶一回來，就成了原本的豆花。他就這樣和自己玩著遊戲，直到吃完，彷彿整個循環完成一周，他元神便回。

朋友介紹了一個阿姨來幫他打掃家裡，一周來一次，順便幫他弄點吃的。阿姨是個中文說寫極順溜的新住民，從菲律賓過來二十年了，阿姨說，邊啪啪拍打著他的沙發。想家嗎？他隨口問著。

怎麼會，我不想回去。

他心中詫異。鮮少遇到這樣不想移動的人，便從電腦裡抬起頭來，剛好目睹了阿姨收拾的過程。她把桌上的碗收掉，經過廚房把抹布順便洗了，在爐台上把燉著的湯攪動幾下。她移動的方式就像這是她的家。

他思索著這種為家的能力，不能確定是先天或後天培養出來的。

曾經他也是個初來乍到之人在紐約，他腦中齒輪生鏽然而勉強向那個時候轉動著。是他的胃，不肯屈服。他到紐約一個月裝瘋賣傻的勉強，然後終於受不了了，暖氣的乾燥和室外寒冷在體內起了奇怪的交互作用，他亟需熱湯，清而有味的，溫暖的燉湯，不是裡面有奇怪豆子和番茄的。他戰敗似的登上地鐵，在一直迴避的中國城下車。街上是乾貨，生肉加上垃圾的氣味，他在路上走，看著旁邊那種留在時光隧道底端的商店和食肆，覺得陌生和羞恥。然而他走進其中一家超市，在冷冷的招牌紅光下挑了一包商販在他面前狠狠剁的排骨肉，隨後還在那些堆放的菜裡翻找出一個胖大白蘿蔔來。

他面無表情的乘車，在近乎惡意的寒冷中走回公寓，打開門果不其然房東又把從她房內控制的暖氣關掉，他注視自己在室內呼出白煙。

他手指凍僵的處理食材，洗淨切塊，加水燉煮，穿著外套坐在沙發上等待，時而開鍋查看攪拌。

他不記得喝到湯的瞬間，這種矯情的記憶他肯定不會儲存。但之後每周他都去中國城買菜。

●

他受邀去參加Katrina的三十生日趴，主題是台客，他沒有準備道具，只好臨時穿陽台用的藍白拖鞋過去，打算去坐坐就走。在一處隱密的酒吧地下室。他在門口碰到老吳，後來在幾個比賽一起當評審也熟了起來。

老吳說最近有案子在紐約，要不要一起？

他說不要吧。他對紐約那裡已經不熟了，應該找年輕人過去啊。

你待這麼多年，不想再回去看看？

他還真的不想，他仔細想過後確定，沒有想過要回去。就像那些儲藏室的箱子不會再打開，回來一年，人事已非，他憑著舊印象，可能還比不上一個沒去過但充滿熱情的年輕人。他搖搖頭。

三十趴很熱鬧。在一個全黑密閉的空間，只有音樂的微微震動。都是三十歲左右的年輕人，只有幾個像他這樣沒成家的老人，其他同齡的就像找他去羊肉爐的朋友，在忙家庭和小孩。他以為他們會像他的員工那樣，表現得時而成熟或幼稚：對工作或生活充滿抱怨，或是追著對方喝酒。結果是一群極其老練的年輕人，從國外留學回來，這幾年多半在跑大陸，對上海，澳門或廈門皆熟得不得了，他們熟極而流的談論自己最近去過的餐廳或酒吧，皆是日本千葉縣或阿姆斯特丹或蘇州某會所的一個私廚。或他們最近去過的國家，馬爾他或烏干達。他們語氣都很冷靜而帶著輕微厭倦，對答像高手過招，他隨即發現他們對話的對象沒有別人，惟有他們自己。

他看到Katrina把自己逐漸喝醉，說之前在英國感覺就像在沼澤，流露出一股他至少還認識的天真。他不確定自己為什麼來，或為什麼回來。他站起來，到門外抽一支菸。門口有幾個年輕人不言不笑站著，迎風抽著電子菸。他抽從紐約飛回來時飛機上買的香菸。多久了，他想，已經快一年了。還好味道還是一樣的。

煙從口裡噴出，飄散，他看著它，起先是比較濃厚的白色，中間漸漸變薄，在不知不覺間，散到四處，不復存在。往事如煙，他們都說。也許所有的事，他在紐約的那段日子，旅不旅行，所有的走出和走入都不存在，或者說都是個象徵，也許他從來沒有離開他腦裡一步。

他帶回來的用品，乳液，衣服等消耗品，已經漸漸枯竭用盡。有一個他使用多年的眼藥水他用到一滴不剩。但這些習慣的牌子在台灣皆無販賣，眼前只有兩個做法，要不就是自行在網上或肉身飛去，要嘛就是換牌子。

他陷入苦思。然後他去了家對面的屈臣氏。

一開始還有點瑟縮，在他選購了幾樣產品後情形好轉，乳液，防曬油，眼藥水，薄荷糖。他結帳，拒絕了櫃台數次的換點數的邀請後，屈服，辦了會員卡。他走出屈臣氏。這是一個傍晚七點多，秋天的夜晚，亞熱帶的晚風纏綿輕撫著下班和用餐完的人們。天色已晚，遠方即將降臨的夜是礦石灰的。他走著，身體有種隱隱踏實的感覺，也許是手裡提著的重量，也許是空氣中沉甸甸的濕氣。也許是剛辦好的會員卡。

這個下沉的重力，他覺得可以借之回三重一趟。

是的他是三重人，從小生長在那裡。他還沒有回去過。多久了，他細想，十四年了。出國的十三年加上這一年。

他還等不及把東西放回家，便伸手攔了計程車。去三重。聯合醫院附近好了。車子滑冰般滑過新生南路，在忠孝東路走走停停，然後轉頭就繞到了那，他緊緊望著窗外，直到上了橋才鬆懈。是的橋，過了橋他就知道了。河向左向右兩邊蔓延開，車子通過了橋，著陸在三重。

先是右手邊一家紅燒鰻魚的吃食店。三重是中南部外出人的落腳處，中南部小吃多。他下了車。在醫院旁的一個公園。中山藝術公園，有個牌子寫。中央有個直立的砲彈狀的雕塑品。幾個老人由外傭推著無機物般坐著。他路經他們，走到醫院旁。

他小時候就住在這裡，高中起每天通車過橋，然後變成了台北人，父親早逝，母親也在他出國期間不在了。他就停止了回家。應該是說停止在想法裡假裝自己有家。

他記起年輕的時候，有一次回家，可能他當時還是個學生，他沒告訴家裡便自己興沖沖的買了機票，從機場領了沉重的皮箱，坐客運，看著別人一站站的下車，日變為夜，直到終於站在家的公寓門口。他深吸一口氣，然後哐啷哐啷的把行李搬到四樓。他好不容易滿身大汗的打開家裡的鐵門，看到母親就那樣凝結一樣坐在沙發上看電視，家裡的空氣，跨越了時空，和著不同時期的記憶，那樣不計前嫌的將他包圍。像在對他說那些你單獨時候發生的事情，都不算數。他記得那一瞬間的怯懦，那沉悶滯怠的氣味，那一切被吸回原點的恍惚而可笑。

如今過了八點，街上便成暗夜。記憶像蛇的褪去的皮，不均勻且鬆泡泡的橫亙在地。他好久沒有想起的那個還未長大的，蒼白而孤獨的自己，從前像泥沼，而現在像自由落體。他曾經以為出不去這裡了。

到此為止，他已經有了兩段前世。他走回來拾起第一段，第二段就讓它留在紐約吧。他走著，旁邊是摩托車，拉下的鐵門，摩托車，和灰撲撲的桌椅。他停下，在路邊的鐵製桌椅上吃了米粉湯和油豆腐。他打算回去了。

他往橋的對面走去，繞過了醫院，公園和天橋。公園裡外傭與老人剪貼上去那樣齊齊望向他。他佯裝堅定的走著，像月亮從雲中出現那樣，心中逐漸浮現一個模糊的想法。

他踩著紅磚地，朝那個走去。

他發現自己一步一步走上橋，而風奇大，前方奇黑。他只能藉著呼嘯而過的煙般的車尾燈前進，到了樓梯第一個出口，他摸摸索索，然後扶著冰涼的扶手，一階階老年人般巍顫顫下樓，踏在泥地上。

這是河中的沙洲。剛才來的速度太快，只看到上面綠油油的一片，現在他到了地面，看清是綠蔭蔭菜園，和旁邊小型的暗色樹林。路燈照著頂上雪白，底下一片漆黑。這裡前不及台北，而後不接三重。他處在這個曖昧的位置上，而四處亂走泅游著，夜和泥土的氣息撲面而來，帶著欲雨的預兆。在潮濕的泥地和菜田間，他隨地坐了下來，感覺褲子下的潮濕在悄悄蔓延。看不遠處大樓燈光閃爍，在城市的煙塵中影影綽綽。他注視那個，感覺無法分辨那是什麼或他的所在地。

然後他向後倒了下來。從背後蔓延至全身的潮濕，草刺癢而掩埋他的頭臉。他既像在墓裡，又像在漂浮。

他閉上眼睛，在完全的黑裡，身體像海綿那樣柔軟毛孔張開，發出嗤嗤的聲響。他側耳聽，那是他的皮膚生出細根而深入地裡的聲音。

此刻他終於著陸而生根。

在船上

她總覺得哪裡不對勁。

早晨的咖啡已經喝過了，原來使用的杯子放在原處，裡頭是殘留的咖啡色汙漬，看起來讓人以為一天已經過了一半而疲倦。然而並不是，丈夫才剛離開家去上班，她想像著他在地鐵裡和別的上班族比賽一樣飛快行走的樣子。她站起來把杯子拿去廚房清洗。

沒有別的聲音，除了水，水流從亮晶晶的水龍頭裡流出來，帶著均勻的波紋，再在她的手背上濺開，是那種溫馴的水。她以前看過從舊水龍頭噴出的分岔的水，看起來很沒有教養。

廚房裡的東西大致和水龍頭一樣新。他們搬進來不到一年，所有的一切都是公司付的。她倒不會像有些人一定要有自己的物品。她自認對東西有相當淡漠而中立的態度。她的丈夫不是這樣。

他做大量的西裝，到了別人到家裡不小心看到會倒吸一口氣的地步。她常佩服的看他假日花大量的時間在整理他的西裝，這點他喜歡自己進行，拿去乾洗店，拿回來，把鞋子拿去店裡保養，因為是兩個方向，他甚至會把剛領回來的衣服先小心的拿回家裡掛好，確定它們之間的塑膠套是均勻平整的，再度出門把鞋子拿去。她對他的這種行動力嘆為觀止。

在婚前他們短暫的交往時，她曾經因為這點而懷疑他是同性戀，即使他當時表現出來的講究程度只是冰山一角。後來他們就結婚了，並不是她掌握了確切證據知道他不是，而是她發覺就算是也無所謂。她當時剛結束了一段感情，那炙熱的程度讓她自己，和觸及的一切幾乎都碰的燃燒成灰燼，只有他彷彿完全不為所動，靜靜的做著自己的事。她被那冷淡吸引了，發現自己可以藉此冷靜下來。

婚後她發現這個冷靜不是針對她的。丈夫雖然英俊，又從事專業的工作，對人好像不太有辦法。他好像餐廳裡走過而目不斜視的服務生，在背後喊破喉嚨也不會停步。對和人之間那冷硬的距離也完全不會奇怪，一心一意的在一天內做著工作，第二天再重複一次。

她沒多久就對那放下心來。

那也沒關係，她想，甚至是剛好。她曾經非常相信言語，和那帶來的一切。她曾在黯黑的深夜對著話筒，那後面連接著線，穿過深海通往地球的另一端，把心都掏出來的那樣說話，那樣的言語讓人昏沉，像喝酒，手腳沉下去而心臟跳得很快，和那一端一樣的節奏，咚咚咚，咚咚，咚咚咚。

她以為。

她如今享受著這安靜，和這冰涼涼的感覺。那彷彿帶著金屬的質地，一下敷上她發燙的皮膚，然後降溫降溫，中和成一個剛剛好的溫度。她覺得很滿意。

然而有一件事讓她困惑著。

是工作的事。

婚後她就沒有工作了，也不是誰反對，就自然的發生了。她在學生時期沒有打過工，沒有想過要去，她一心在交男朋友上，之後的工作都做不久，短的十天，最長的兩個月，就不了了之了，家人都沒有說什麼，零用錢也很優渥，比起其他的人生大事，工作似乎是隨時可替換的，之後有時間再說吧，她覺得。於是遇到結婚對象時，忙碌著舉辦婚禮，適應婚後的生活，配合著丈夫的假期，安排兩人的旅行，等到一回過神來她已經將近四年沒有工作，而上一份工作只持續了四十天，對一個三十三歲的人來說，這已經說明了一件事，她再也不會工作了。

她對此感到微微的恐慌，有幾次甚至脫口和丈夫說了這種心情，丈夫只是奇怪的說，但你對工作明明不感興趣不是嗎？

我還不知道，她說。還沒有投注足夠的時間去發現自己喜不喜歡，而門已經被關上了，她不喜歡的是這件事。

你為什麼那麼喜歡工作呢？她問丈夫。

只是不得不做而已，他說，因為必須支持我們的生活，不然我還寧願像你不用工作呢。

她確定這只有一部分是真的。丈夫熱愛工作，他總是做到超過時間，假日也自發的進公司工作，進去會用公司的電話打來說到了，中間會打來說做到哪個程度了，幾點可以到家，走之前會打電話說要走了。因此她確定丈夫是全程都待在公司的。

到丈夫回家時，往往是蒼白而半透明的，是在工作裡消耗殆盡的狀態，她知道那種感覺，那種燃燒和炙熱。他人在而心還在工作上，他的頭腦碌碌的轉著，她幾乎要嫉妒起來。

她目前的生活裡沒有這樣消耗的機會，像一堆綑不緊的乾草一樣。她上許多的課，畫畫瑜伽做熱紅酒，但沒有一樣需要她累到流汗。每件事都圍繞著她，在觸手可及又不讓她不舒服的位置，手一揮就全部退下了。

平日在和丈夫用過早餐後，他去上班後，她在家準備出門。從室內走到室外，在日光裡走在都是人的街上，在別人都在往上班的去處移動或在辦公室了，她自由而勤勞的走著，看著他們。

她感覺到和他們中間那種塑膠膜一樣的感覺。

她感覺到不自由。

像在幕前走著，做著各式各樣的事情，唱歌，把剪下來的花放在提著的籃子裡，微笑著看一隻狗走過，坐在路邊的咖啡店喝一杯茶，吃熱壓過的三明治，在早上十點鐘。但她怎麼樣都走不到幕後。

她在鐵椅子上感覺到腿下的那種冰涼。四周是聳立的辦公大樓，裡面的人移動著，或站或坐，忙著一些想必是相當重要的事，是什麼她不得而知（很可能一生都沒有機會知道），但他們為此蓋了大樓，花錢租下來，花了從早到晚的時間去做，離開後想著，一群人在一起時候就談論，直到年紀太大，然後他們待在家裡，或做她現在在做的事情。在早上十點鐘坐在咖啡店裡吃三明治。

她沒辦法加入。門已經被關上了。在她疏忽的時候，她甚至不知道自己錯過了什麼。

她環顧四周，店裡皆是一些和她一樣的人，手頭沒有事情，或是說沒有別人託付的事的人。大多數是女人，或上了年紀的人，或兩者皆是。

被留在岸上的人，她想。

在電影裡不是都有的，像鐵達尼號那樣的大船在港口等待著出航，主角在船上，新的事物將湧向他，而鏡頭帶向站在岸上送行的那些仰望的臉，望著那些人和將他們帶走的船，心裡明白自己走不了了。

缺乏的是像軌道或鍊條那樣的東西，她終於決定，某種硬性的規定，把人按在地上，像地心引力一樣的東西，世界靠那個運轉，除了她以外。

她走出店前在櫃台買單。收銀機後的女孩子穿戴著店裡給的黑色襯衫和裙子，頭上的貝殼小花帽子隨著動作而震動，她動作流利而順暢，好像是收銀台的延伸，那女孩伸長手臂，手指握著長長的放著發票的銀盤子，露出白色的牙齒說，找給您的零錢，謝謝光臨。

她立刻決定了，就是這個。控制女孩的這個東西，決定女孩微笑和語言的東西，她要在她身上發生。

她在丈夫上班後看那些尋找職業的網站，業務助理，無經驗可，需配合加班，她皺起眉頭，專案經理，五到十年的工作經歷，她考慮著，想像在辦公室裡，慘白的燈光下伏首工作，在某一個專案上花了八年的樣子。不，她沒有辦法想像。

電話震動了一下，她警覺的看著它，是丈夫傳來的簡訊。

下午和老闆開會，很可能有promotion。

丈夫會這樣在一天中傳簡訊過來，倒是很稀奇的事。她讀著那字句，丈夫的字句平板，但他無法自持的打了這些文字，在上班的中途，顯然這是一個好事，至少在他的職業生涯中。她了解不多，但可以想像代表著更多的責任和薪水隨之而來。從某人的決策中，很可能是經理。或是之上的某人，在虛空中腦海浮現出丈夫的名字，在腦裡斟酌著，然後那決定像浪一樣，衝向了丈夫，現在則到了她腳邊。

她思考著將那生命的權力，她不知道怎麼稱呼那東西，交給不認識的人的感覺，那隻手進入自己的命運中攪弄著，然後發現自己早已經在這樣做了。

幾天以後她得到一個面試機會。本來是想搭地鐵的。她出門的時候是最燠熱的正中午，路面上發散開蒸騰的熱氣，她最後還是在白熱的烈日下攔下一輛計程車。

面試方是兩位男性。他們在她對面坐下時一邊讀著她的履歷，然後露出不解的表情。他們靜靜的低頭看著，彷彿和手中的紙張發展出一種難以言喻的關係。過了半天，其中較年長的男性開口了。

你為什麼要來工作呢？

她瞬間讀出了那言外之意。她以一種在家裡練習出來的簡潔活潑的語氣，向他們（她很注意地同時和他們說話）說明了自己的來意。

因為離婚而必須出來工作，以負擔她和兩歲兒子的生活。

他們聽了皆露出輕微滿意的笑意，而那笑意被一種更深層的東西所包覆住。

我們能理解你要照顧孩子不能時常加班，但除此之外不能對你有所例外。比較年輕的男性說。

我完全理解，她回答，用那種久在人下的溫馴口吻，然後他們三個都覺得滿意，陷入沉默裡。

她的工作內容是好幾個部分加總在一起，接電話，內線和外線的電話，把他們引導到正確的人手上；到郵局去寄信或包裹；打字，文件大多是給外部的廠商用的。還好她在進公司前花了幾天請了家教學會了打字和製作文件。她記得那個大學生多努力地隱藏著對她的好奇心，儘量專心教學的樣子。

這種表情也出現在同事的臉上，他們大多是一些男孩子，在她看起來，但工作起來卻很認真，這點她很驚訝。畢竟她一直聽說的是，外面的人做事都很隨便。這是她聽丈夫說的。那些外面的人，他回到家會忿忿的說，然後形容他們做事的態度，都是一些便宜行事，絕不多動一根手指頭的類型。她往往一面吃飯一面聽著，這在她心裡留下了印象。有時候為了讓丈夫知道她並沒有被他們唬弄過去，她會對這些人顯現出一副精明幹練的態度。而那些人常常只是市場裡的菜販，百貨公司的店員小姐或公家機關的辦事人員。這多少錢，她會邊翻弄著邊說，我問了隔壁的比你便宜，或是硬要專櫃小姐算給她周年慶的價格，我知道你的權限，她會固執的說，我知道你們這些外面的人的方式，她實際上在說。

但辦公室的同事們都很認真。九點半還沒有到，他們已經先後的到了，邊開著電腦邊看著手機裡經理傳來的待辦事項，自己在頭腦裡分配著時間，主動打電話給廠商聯絡，用一種不同於在辦公室裡講話的聲音，把要說的事情放在一個盤子上端給別人。電話結束後再恢復原本的聲音，和同事邊抱怨邊做剛才被交代的事。上班後走到旁邊去吃個麵之類的東西，之後回來繼續工作。周末也會被叫進來工作。

她自己是九點半到。丈夫八點出門後，她簡略的把家裡整理一下，在鏡子前仔細的化妝，出門。她走路到地鐵站，在車上調整好表情，到公司也差不多九點半的時間。

同事們都對她很好奇。那像輻射一樣從他們身上散發出來，她抬頭而迎上他們迅速移開的目光。她因此而加入同事們的午餐。那和他們的晚餐差不多，在旁邊排隊，進去迅速吃個麵，在吃飯時簡單的聊兩句，他們彷彿從經理那裡對她已經有些簡單的認識，一開口便問孩子的事。孩子誰照顧呢？你這樣出來上班？他們問。好像她從一個洞穴出來。我媽媽，她簡單的說，過了不久他們也習慣了她。

她回到家，稍微休息半個小時，還來不及把路上買的晚餐在桌上放好，丈夫便回來了。

她坐在桌前看著丈夫進去換了衣服，他去廚房倒了一杯水，說今天很忙，然後坐下來開始吃飯。

她靜靜的吃著，覺得自己像是個冒著蒸氣的鹽田，水已經快蒸發殆盡，她驚慌的發現那些雪白的顆粒已經顯而易見，而抬頭看著丈夫，卻發現他彷彿籠罩在煙中。她辨識出那些是高速運轉後慢下來的煙霧，而感到安全。我知道那裡面是怎麼運作的，她感到安心。

吃完飯後她癱坐在沙發上，和丈夫一樣，他已經進入半睡眠的狀態，她過去總是忙著收拾餐桌而無法了解。但她突然發現了這個新的處境。像原地轉了太久而突然停下來，不知道自己在哪裡，耳朵發出嗡嗡聲。她喘著氣坐在沙發上。

她之前有睡眠的問題。現在消失了，早上起來，一個龐然大物已然在眼前。她匆匆趕到公司，在電腦前面做各種事情，她沒有時間。

在過去，她也有過很忙碌的一天，那指的是一天預約了四件以上不得不做的事情，像去剪頭髮然後跑銀行。但那和現在不同。她覺得現在的一整天彷彿被重物壓在水底，早上她常常掙扎著起床，前幾個小時都在僵硬的睡眠不足中工作，午休後在下午的睏倦中繼續做事。然而她逐漸對自己在兩種生活中轉換的熟極而流感到滿意。自己彷彿變成一種自己也不認識的流動的物質。

●

然而丈夫說她看起來很累，也許你出門得太少，他說。他提議一起去運動，去加入家旁邊的游泳池吧。他們在幾天後吃完晚餐到了游泳池，裡面都是些和他們一樣剛從室內被放出來的人們，都提高著音量在說話，伸展他們不見日光的手和腳，她對那裡面僵硬的生猛氣息不習慣，所以不等丈夫出來就逕自下了水。

她先是被那水的低溫僵住，在水裡划動幾下手腳後，便毅然把全身連同頭埋入水裡，她潛在水裡往前游了一會，隔著襯著藍色鏡片的蛙鏡看著自己的游動的手，因為折射顯得奇怪。

她想著自己創造出來的這個生活，覺得很神奇。那也許因為她不願意被束縛住，不管是婚姻或是工作，或是一種生活，她邊游邊自己想著，或是這個形體。她突然想到。要是能變成水就好了。

她感到輕鬆，光是想到能夠變成水。與其隱藏在家裡或辦公室裡她寧願化成水，她想到這裡，繼續游著，感覺到自己划動的手腳已經不見，毋寧說它們已經消失在水中，她繼續游著感覺到水的阻力和自己拍打的腳給予的推力，卻發現自己輕易的穿過了前面游泳的男人，她僅花了幾秒就接受了眼前的事實：她成為水的一部分，或是說水成為了她。

她終於放棄了划動，就這樣任由自己，任由自己漂著。

長久以來她第一次感覺到自由。

靜者安

小劉是個寡言的人，這是我從別人嘴裡聽到的，比方說，他總是可以聽著別人說了很多話，而硬是不搭茬。說的話有些與他無關，這也就算了，但與他大大有關的，不搭腔，這就讓人很窘了。

小劉還有件事，就是有個妹妹很美。這我也是聽說的。美是從眼睛知道的事，而用聽的，就難免讓人不服氣。但我看了小劉他妹一眼，我也就從不服氣變做不吭氣了。小劉妹子長得眼睛下面是鼻子，鼻子下面是嘴巴，然而予人煙霧瀰漫之感，像是一座綠山，霧氣繚繞，只隱隱有墨綠從白霧中透出來，山在那裡，是沒有人會去懷疑的，就像小劉他妹很美，是沒有什麼好討論的。

然而美麗的人，人人愛提起。她做了什麼，她去哪裡，或在路上遇到了她，說起來就讓人覺著口裡含著一朵香花，因此小劉的不搭腔，就讓大家熱著的心，啪地掉在地上像蛋黃那樣破了，那點意思都流掉了。這很不對。

小劉的店在路的那一邊。是個刻圖章的店，一點點大，人來人往的經過了，總是要進去坐一坐，坐久了，總是要談起店裡的事，你這店多大啊，或一個月租金多少。小劉淨坐著，手裡拿著塊章，眼睛盯著，另個手在上面動著，不說話，乾坐了一會兒，看看他嘴角蠕動，原來是吃著東西，又等了一分鐘，整個屋子不動，只有小劉的上下睫毛交錯咋著的聲音。看著滿屋子的物品，時鐘，桌上的花，手上的章，他玻璃墊下的全家照，無不是個好話頭，無不能引伸出極好的話來，但小劉不接話，只能掉得滿地的話頭，像發不出芽的種子。只能悶著滿肚子的話，起身搭訕著出去了，這個小劉。

有時候我也去小劉的店。

走路經過就轉了進去，一扇不大的內凹進去的門，裡面一張木頭桌子，好像用了很久上面都是刮痕，閃著久為人用的木頭光芒。小劉閒坐在桌前。小劉手上總是忙著，但總是給人一個閒坐的印象，極可能因為他坐著的姿態。必須說明的是小劉的外形。和他的妹妹不同，小劉並沒有籠罩在薄煙裡，他有個白白的小尖臉，眉骨突起，一行屋椽般撐著，鳥喙般的大鼻子鳥巢般築在中間。小劉極瘦，整個人形銷骨立，像中空的樹幹，一頭蓬髮長出了雲朵的形狀，他坐在那便像在樹蔭下安歇棲息。

我坐下小劉手上不停。我說刻章啊小劉說欸，我因此推敲出來，小劉對我的坐下並不討厭。小劉不說話於是我也不說話。小劉就在燈下閒閒刻著，牆上映著我倆的黑影，屋裡點了盞盤香，白煙裊裊，煙原來也是有影子的，濃點的就黑一點，稀點的就淡灰點，齊齊往上升，升到雲裡，原來是小劉低著的頭的黑影。

牆壁挨著放了隻木櫃，櫃頂上放著一大瓷盤，倒扣著四隻茶杯，圍著中間一把灰綠茶壺。我便站了起來。張望到附近的熱水壺，我把我袋裡的茶葉拿了出來填在壺裡，注熱水，蓋壺蓋，待我把茶壺拿到桌上去，茶湯已經是淡青色。我把茶杯在小劉面前安安靜靜放下。我輕輕坐下。

小劉毛絨絨的黑影輕輕晃動著，好像替牆壁搔著癢。

茶杯冒著煙，比盤香線一樣的煙低一點，映著斑剝的牆上，連綿不斷的，絲帶一樣。在空中是白的，在牆上是灰的。這很奇怪。不一會兒就消失了。煙去哪裡了，哪裡也不去，猜想是安安靜靜的自己疊收起來了。

屋裡很靜，聲響像玉石那樣明晰。先前，要把耳朵麼尖了，才聽到小劉的刀尖在石面上刮著，還有石面輕微碎裂聲，和刮下來碎屑輕輕飄落聲。

偶爾粉屑太多，小劉便把章在桌上一敲，它們四處飛揚，在桌子上方左右來回，形成了微型沙塵暴。那敲擊聲還在耳邊響著，煙已落地。

然後那聲響消逝如煙，耳朵裡又變得空盪盪，空氣流轉，在隧道反彈迴蕩。接著是茶葉吸進水細微的聲音，像蟲噬咬；是水氣凝結在杯蓋內，聚集在一起再滴回杯裡，發出清脆的水聲，只發生在杯裡，於是死在杯內，悶死的。

我拿起杯，把杯捏在手裡，喝一口，小劉也拿起杯，抿了一口。他眼光沒抬起來，還是固定在桌上。

小劉手上的章刻好了，他吹了下章，擦擦乾淨，手便像船那樣停泊了。

他又喝了一盞茶。我於是說了，小劉啊，我也刻個章吧。

小劉說那好你挑個石頭，我於是從包裡拿出個紫色的章石遞給他。

小劉說這石頭沉，捏在手上惦惦，犀牛角，他放在眼前看看，非洲的，這紋路不一般啊。

我爸給的。

小劉覷了我一眼，把章拿在手裡擦著，章變得亮了。

刻點什麼？

我說，幫我刻幾個字，靜者安。字體隨你。

小劉於是不說話了。

他拿出一塊厚的平石，把章的一面貼著，手捏著在上面兜著圓形，章隨著小劉的手轉著轉著，似乎發出嗡嗚聲。磨得夠平夠滑了，小劉便又轉了面。兜著圓，接著又轉面，直到每個面都光光滑滑。小劉這才滿了意，拿出條白綿布，細細把每個面擦擦乾淨。

小劉接著把他的刀也斜放在平石上，均勻推著，他這把刀，從柄的竹片就知道用得可久了。隨著刀的走動，小劉的臉也沉了，彷彿有種暗金屬質從裡面透出來，看起來重而光澤，金石色。小劉的意志好像灌注在刀的尖端，每一走，小劉的眼光都隨之一揚，直到最後一下，小劉垂下目光，臉色隨著收斂起來。

小劉既不在章上染色，也不摹稿上石。他是拿起石直接就刻。我望著刀端大動起來，刀柄不動，刀刃直衝，如風雲電雷。者字便秤一樣位在中央。

小劉停了半晌，臉色漸漸鬆了，像燭那樣往下融。呼吸也平穩下來，入氣短，出氣長。

寂靜也是有聲音的，它比聲音更填滿空隙。這時它便把整個房間填了個密密實實，像濕那樣，沁入了我，也沁入了小劉，我的心跳起先像炒豆子那樣，散散亂亂的，漸漸的，變得像老年人的步子，沉重而實篤篤。

隱隱約約的，小劉的心跳，也從遠處傳過來。原本是極遠的，像是遠方山裡的一個吶喊，終究是送了出來。我聽到了後它便確定自己的存在，變得越來越確實，如波似浪。

小劉抬起刀來，從從容容地又刻起來，刀拿橫一下一下的短切，時而橫，時而豎，難得的是氣息不停，力道不斷，一會兒均均勻勻切出一個靜字。

安字前，小劉點了一支菸。嚴格說來，我替他點的。他在桌下的小抽屜，取出一包全新的，沒開封的菸。他把封拆了，含了一支在嘴上。他沒喊我，我便把菸給他點上了。雪白的菸紙周遭蝕了一圈，小劉一吸，中心亮紅了一下，煙便從他嘴裡從從容容的飄出來。他吸菸的姿態，也不是享受，也不是不享受，就像他刻章一樣，他刻這個的時候，你想不到他會做別的，像他生下來就只做這個，你也想不出他做別的的樣子，而他吸起菸來，你也想拍自己腦袋一下說就是。他吸得很像。

小劉用這個姿態把菸吸了。他吸到過中，在他桌上的長獸腳的銅盤裡，把菸靜靜按熄了。我也不看他。他也不看我，坐著，像要再想一想，想起要怎麼刻字。

之後他又像沒停過那樣刻起來。安字他斜斜拿刀。輕溜溜的便刻上來。他又從頭到尾，再刻了一次。他把章拿近看看，拿遠看看，在上面拍拍，在桌上輕輕碰了一下，再拿姆指在上面很珍惜的擦了一遍。

他把章遞給我。

我拿了，章很滑溜，有命一樣，我穩穩拿住了，用手順順章面。他推過一張宣紙來，彎下身拿上來一方黑木小盒子，開了一汪朱紅印泥。

我拿起章，又放下，把章面再揩揩，把紙壓順，小劉漫不經心的坐著，喝一口茶，擦擦刻刀，然而他的眼光像打鐵的火花一樣噴到我身上，我一驚但不顯，我坐坐直，把章按在泥上，重重舉起來，再像飄雪一樣，按在紙上。紙上就有了字。靜者安。紅色的，不淺不顯。

小劉坐遠遠看著。

半晌，我們都沉默著。我以為他要說什麼，或說出個他和他妹小時候的故事來。然而他沒有開口。

他看著看著，說，我妹妹，就交你手上了，你替我好好護著。

我拿著白綿布，把章從頭到腳，細細的擦拭了一回，慢慢把它放到了盒子裡面。

命與名

我注視眼前的物品，一個西藏來的板凳，以前用來坐在上面洗衣，盤根錯節的木紋，三隻穩穩的腳。用來坐的面，前窄後寬，上面有許多橫和豎的痕跡。

我看著它，而我感覺它也熱切的回望著我。

而那時我知道我不需要更多的時間。三腳鐵。

我喚出它的名字。

三腳鐵的主人，一個五十歲的婦人，感激的看著我。

這個比較難，我說。謝謝你，命名得太好了。她說。

我的工作是命名師。人們帶著他們的狗，樂器或新生兒來看我，而我以它們的本質來為它們命名。

讓它們對我張開，要花時間。

像上次有一個高高的仙人掌，被它的主人，一個高高的女生帶來。

快想啊，你快說它叫什麼名字啊。那女的催促我。

我裝上一個和靄的笑臉（我通常把它放在右邊的第一個抽屜裡），說好啊，好，想，想，想！

想不出來耶，我哭喪著臉。（這個放在第二個抽屜）

那怎麼辦？那女的交叉著手看著我，下巴一動一動的。

長頸鹿，我倒是幫她想出一個名字。

這樣吧，你先回去吧長頸……不是不是，你過兩天再來接它，我會有名字。

它站在玄關，看起來孤孤單單的。

我摸摸它的頭，它把刺收斂起來，以免刺到我，真是個乖孩子。

去睡一下，我說。你看起來累壞了。

這孩子馬上就睡著了。它很細瘦，頂端枯枯黃黃的，底部倒是閃著墨綠色的光澤很健康。刺也粗粗短短的分布很均勻。

它正做著一個平原上的夢。上面懸浮著一朵多汁的積雨雲。

我做晚餐的時候它醒來了。它不記得自己在哪裡，一下子哇的哭起來了。

別哭別哭。我給它一杯水，它咻的喝光了，然後再一杯，它喝了六杯。

小小的嗤嗤的聲音。那些水流滿它的身體。

它馬上就粗壯起來，墨綠色散開，全身變成淡淡的翡翠色。

它頂端的分叉的小角高興的翹起來。

翡翠角。

這是它的名字。

長頸鹿來接它的時候變得很不高興，她得再叫來兩個人一起把翡翠角搬下去。

還有小狗班吉拉。它來的時候灰溜溜，斑點們也沮沮喪喪的。

它的主人，一個留著平頭，耳朵上都是耳環，右手臂上刺大恐龍的人和我抱怨。

啊我就叫它班吉拉啊，啊它都不過來，啊真奇怪。

大恐龍走了之後，班吉拉到處聞來聞去。

你住這裡多久，不像很新的房子嘛，班吉拉挑剔的說，不過老房子好啦，公設比低。

材料倒是還可以，班吉拉精明的敲敲地板和牆壁。雨遮有算進坪數嗎？幾個車位？

我覺得它叫班吉拉實在是錯了。

金寶福。

它說，你算過筆劃嗎問題是？我今年流年走水運。

我算了一下。可以，和財庫相合，金生麗水和水相流，越叫越旺，一定發發發。我諂媚的說。

金寶福考慮了一下。

那，再帶朋友過來可以算團購價嗎？它問。

大恐龍來接的時候，左手臂已經留了預定地，要刺上新名字。聽到金寶福的時候他久久沒有說一個字。

然後是新生兒。那比較複雜。總不能把嬰兒留在我家裡，我只好出任務到嬰兒家裡，花兩三天的時間在嬰兒房裡。

在夜晚的時候，嬰兒睡到靈魂溢出身體，魂魄四散，發出它們本質的光芒，藍的，綠的，黃的，紫的，或摻雜著，徹夜變幻著，像極光，像夕陽。這並不稀奇，比較困難的在於決定哪一個是他們真正的顏色。

訣竅在於嗅。嗅到我的心裡有微小的咔啦一聲。這幾乎聽不到，我得非常非常的仔細專心，才能聽到。像聽到花開或雪片落在地上一樣。

我得很安靜。

我過著安靜的生活。在沒有人的時間裡吃飯，聽著咀嚼和吞嚥，然後在胃裡靜靜發出消化的聲音。在別人和我說話的時候，同時專心聽著自己的呼吸聲，和鼻子裡的絨毛細微的搖晃。

我儘量的生活在自己裡面，以免自己外散掉。

在去給嬰兒命名前四周，我生活在去掉四肢的身體範圍裡，我的意識不能超出這個範圍。

前三周，在胸腔連頭裡。

前兩周，在頭裡面。

前一周，我只能生活在我的鼻尖裡。我連跺步的地方都沒有。我只能安靜，我只能坐著。

當天，我吃過燕麥粥，戴上口罩，就去嬰兒的家拜訪。路上我經過了一個郵局，一個警察局，和一家便利商店。路邊的人站立著，我的餘光看到他們透出隱隱的一圈灰色。我逕自走著，直到嬰兒房間。

嬰兒有各種長相，平平額頭和後腦勺，圓圓的額頭和後腦勺，細細長長的眼睛，圓而大的眼睛。短短的黏土堆積般的手和腳，長長的手和腳，然而這些只是依附在旁邊的泥土般的物質，我的工作是像從土裡輕輕撥開這些泥土，顯露出那白蘿蔔一樣的本質來。

這個家庭的人帶我來到嬰兒的房間，我仍在客廳稍坐了一會，熟悉空氣，喝了一杯水。家裡人不必要的用手指示意了一下嬰兒的所在地，房間裡靠牆的嬰兒床裡，然後離開。這是規定。我在原地動也不動，深深的吸入房間裡的氣味，直到它充滿了我的肺臟。在殘留的乳液，洗衣精和痱子粉味道外，有一個底層的礦石味道。礦石味是非常難懂的，在所有嬰兒氣味中是最隱晦的。當初為了了解它，我還特意去了約翰尼斯堡一趟，有個親戚在那裡開鑽石礦，我在礦區裡待著，十天左右我吸著裡面的空氣，不覺得特別有什麼氣味。十天後我從礦區出來了，一接觸到原來的空氣，鼻腔裡瞬間凝結龜裂，我知道了礦石味是什麼。

氣味這件事情很麻煩，只能借用別的感官的語言，像色彩。以顏色來說是水色中混合了淺灰色，沒有攪拌均勻所以帶著波紋，瞇著眼睛看甚至是淺藍色的；味覺上是一種溫和的苦味，粉末狀的。觸覺上是粗礫的山洞內壁，再加上剛生長出來春天的筍上的，一些柔嫩的刺。聽覺上是在一盤直線進行滑順的中低音中，偶爾有兩三個斜斜切過的貝斯聲音。

大概是這樣。我掌握住了礦石味。其他的事情並沒有簡單起來，我敲著腦袋。原因是就算是礦石味也細分成多種，根據時間和地區，像青銅巴伐利亞的礦石味，和一九〇〇威斯康辛森林就是兩回事了。

與其在腦中歸類尋找過去的檔案，還是直接的面對嬰兒好了。我決定。嬰兒床在角落，睡眠還未深入。因此房間保持在尋常的黑暗。我坐在這房間的地毯上，被嬰兒的玩具和綿軟的枕頭墊子圍繞，閉上眼睛。此刻唯有等待。等是一切。

我被這個聲響弄醒以前，正滑落深黑的睡眠裡。極深而刻意的黑，盲人的黑。我醒過來而眼前是星光和古巴的夜空，接著恍然發現我正在嬰兒房間，嬰兒正劇烈的哭著。過去這個情形不是沒有發生過，家人會進來。事情等嬰兒被安撫好重新開始。我等著，之後開了房門張望，沒有人或移動的跡象。我嗅聞，房子裡似乎沒有人。

我坐了一會，只好像被掃了興的人終於起來把燈打開。走向嬰兒。

嬰兒哭得有如落花。濕答答的和床黏成一片。我費了力氣把它翻過來。它的尿布膨如泡芙。我嘆了口氣，找到了乾淨尿布，還好只是尿尿。換好以後它變得有點滿意。在床裡鯉魚一樣翻騰起來。

好了好了，睡吧。我一邊拍拍它的屁股，看著它仙草般流動的眼睛。要入睡似乎要有什麼外力介入。

想了半天，我想到去泡一瓶奶給它。

廚房印象中在樓下。我走到樓梯下，廚房果然順利的在那裡。熱水器裡沒水了，我便用鍋子燒了水。在奶瓶裡混合了水和奶粉，搖晃成牛奶。來到嬰兒的面前，它有點遲疑著是不是該接受，嘴巴蠕動。

我只好把它抱起來，把奶嘴塞到它嘴巴裡，一邊搖晃著。我從來沒有這麼做過，回想起來，過去做過的嬰兒案例就像是已經拉下的布幕一樣，我從未想過它拉起來的樣子。

隨著牛奶注入嬰兒體內，它變得沉重了，我從我的手臂可以感覺到，似乎不只是身體本身的重量，還有內部因為浸濕了而膨脹胖大增加的重量。體溫也逐漸升高，裡面有東西正在蒸熟。

嬰兒的睡意濃度不斷的加深，從它身體中心的核不斷散發出來，它像冬眠的鼴鼠一樣在我的手臂上蜷曲著身體，我被那酒精一樣散發出來的睡意熏得頭暈腦脹。

在黑暗中，我注意到在嬰兒的頭部周圍，有一圈光暈一樣的東西微微發散。淡紫色，周圍金黃。我輕輕的走動幾步，那光暈便跟著過來，時張時弛，像是呼吸。

嬰兒在睡眠中的滑落，終於到達了底部，隨著那個，在頭部的光圈變得堅實起來，同時身體的周圍也發出了光來。

我會說那像光線，一條細細的線沿著嬰兒身體圈了出來，然後那框住嬰兒的形狀漂浮開來，像煙圈那樣逐漸散開，然後又是一條線輕輕的亮起來，再漂浮開來，一次又一次，像夜河上的蓮花。

我仔細聽著，除了嬰兒沉沉的呼和吸，鼓點的心跳，屋裡有種山雨欲來的低鳴，像打雷前的靜電聲。我汗毛根根立起來，手上是沉重的嬰兒，全身被光暈所籠罩。我走近嬰兒床，試著把嬰兒放入床裡，但只要手臂放低，嬰兒便發出不安的哼哼聲。

我感到有點迷惘。所在的是前所未有的情況，案主與我距離是零，我因此很難把自己和它分開。這對於判斷很不利。嬰兒現在穩定的睡著，我於是低頭嗅聞它的前額，有種烤熟蕃薯的氣味。那曾經困擾我的礦石氣味現在若有似無，我發覺自己心慌，呼吸紊亂，腦中都是芒草吹過的想法。於是我把自己在軀體裡縮小一點，爭取一點空間，呼和吸之間我逐漸安靜下來。我保持著這個姿態，逐漸越來越小，直到自己安坐在我的胸腔裡。

嬰兒似乎發覺了這個變化，深陷在睡眠的它身體彈跳，光更加溢出，漫延，侵入我的身體，成風成雨。我只是坐在我的身體裡，逆來順受。

風和雨完是火，將我燒灼，我身體焦黑尋段段壞，依然坐著，一會是大水，將我沖刷，沖去焦黑的殼，露出潔白的玉蘭花一樣的芯來。

我搖搖頭，試著清醒過來。房間內是全黑的，眼睛在適應了黑暗後，逐漸辨識出光來。一些綠色的光點從地上漂浮起來，構成一條漂浮的圈。空氣中朦朧的礦石氣味在加深，幾乎觸手可及。

嬰兒有一些強烈的意願想表達給我，但我還在迷霧中。我在想。這時候我恍悟我該放棄自己在想的事情，讓嬰兒的意識多進來一點。只有嗅聞是溝通的唯一方法，因為它不能被意識所拒絕。

我深深吸氣，空氣直衝腦內的天花板。我再一次深深的吸氣，氣這次衝破了頭腦，瀰漫在整個頭腦裡。那種鹹味，堅硬的石頭和頑固的煤炭味充滿室內。房間變成了岩洞，裡面有黑暗冰冷的潮水，礁石和祕密的洞窟，底層是淺藍色的岩鹽氣味。嬰兒的名字已經漂浮在水面。

我睜開眼睛，天色發藍，邊緣稀微亮起，嬰兒放棄掙扎，安靜躺在睡眠的懷裡。

我躺著，做一些手和腳的放鬆體操，邊吐氣邊想像自己在體內擴大。直到邊緣微微溢出，這個對第二天宿醉一樣的頭痛有幫助，但更有效的是睡眠。荷葉陰影下面沉靜陰涼的睡眠會很有幫助，我邊想著那個，走下樓梯。

樓下入口的鞋子散亂，顯然家裡人已經回到家。其中的兩個家人正像散落在戲院地上的爆米花那樣倒在沙發上睡著了。一個人在廚房睡眼惺忪的倒水。

好了啊。他說。

是的，順利結束了。我說，不完全是謊言。

名字呢？他問。

嬰兒在不能拒絕的情況下，降生在這個家庭。我說。

同樣的情況下，我出現了，在它不能迴避的狀態裡，我伸進手去探求，然後把這個名字握在手裡。我又說。

所以這個名字是……他問，聲音裡有咚咚的細碎鼓聲。

我不能不感到，這是一種侵犯。我說。正如前面說到，嬰兒在這個家裡出生，那麼這裡給它的名字，就是它的命運。

至於它真正的名字，要它以後去發現。這個我倒沒有說，說出來實在太像戲裡的台詞。而且這樣的事誰不知道呢。

他臉上的表情變成一種麥片粥那樣黏糊的東西。

回家的路上，我將那個名字從外套的內裡，輕輕放了出來。它像蝴蝶有時候那樣，隨風飄著，又像是紙屑一樣，沒有生命，然後突然動起來，飛走了。

名為世界的地方

所以事情是這樣發生的，我在乾洗店拿衣服，說了號碼，看著店員，她也是個女性，大約二十出頭，直頭髮戴著眼鏡，穿著咖哩顏色的蓬袖上衣，讓人覺得頭腦不是很好的樣子，她果決的踏上梯子，在上排企圖抓住不斷旋轉用塑膠套套起來的發亮衣服。我因為仰頭看得有點頭暈，拿了衣服本來想直接回家，在路上買了雞蛋。

嬰兒還好端端的睡著。臉朝旁邊趴著，背部起伏，耳朵因為熟睡而通紅，我看著它，鬆了一口氣。世間的法則是不可以把嬰兒留在家裡單獨一人，至少我上次確認的時候是這樣子沒錯。但是嬰兒在過去八個月中，大多數時間都這樣安靜的熟睡著。嬰兒是絕對健康的，我和醫生仔細確認過了。在看醫生的時候，嬰兒總是醒著，眼睛裡全是黑眼珠，亮得驚人，全身皮膚像含水量豐富的果實那樣。我很少見到更健康的嬰兒，醫生讚許的說。

我知道之後會發生什麼。出了診所，嬰兒就累了。似乎是種很沉重的疲累坍方在它身上，它大叫起來，如同警鈴一樣。我抱著它跳進最近的計程車裡，下車時不得不因為賠償司機可能的聽力喪失而多付了錢。開門的時候是最痛苦的，嬰兒因為我必須平衡用膝蓋抵住，聲嘶力竭的哭著，我的耳朵已經不能思考。終於門噗通打開，我們連滾帶爬的進了屋內，嬰兒彷彿隱隱有所感，它的聲音弱了下來，我把它放在桌上換了尿布，原來的那片因為濕而蓬起來，拿起來很沉重，這代表嬰兒很健康，是一件值得高興的事。我把嬰兒放回小床，一個圓形的桶狀物體，四周都是木條，嬰兒這時已經完全的進入了睡眠，一點聲音也沒有，唯一的生命跡象是身體呼吸時的起伏，就像手機充電時電池標誌的閃爍。

我鬆了一口氣。它至少會睡上三個小時，醒來吃和玩一下，然後繼續睡下去。在這同時整個屋子必須保持蛋殼裡面一樣安靜，不然嬰兒會極不高興。睡眠過程會因為干擾而不時爆出痛哭，對腦的發育極不好。我是這樣聽說的。這段時間我聽說了許多事。

我有時候不禁覺得奇怪：如果嬰兒是這麼脆弱，為什麼要在沒有準備好的情況下來到這個世界上呢？

事實上我還聽說，人類的寶寶出生時發展得很不完整，我們比人猿早產一年，所以人類的寶寶才會如此無助，需要長期的照顧。我還聽說人類出生時的腦部大小只有成年時的百分之二十三。很可惜的是，這些知識對於照顧嬰兒來說，一點幫助也沒有。

我的工作與其說是照顧，不如說是看守。嬰兒睡得極熟，房間冷暖需要適中，我看了一下溫度，二十五度，冷氣無聲的放送著。空氣裡乾乾的，我蹲下把加濕器打開，開時滴的一聲，嬰兒動了一下。我僵在空中，直到確定嬰兒不動了，才緩慢地退出了房間。

我倒在沙發上，喉嚨發癢，一陣想喝可樂的強烈欲望讓我站起來，企圖走去打開冰箱的門，但我知道那完全是浪費時間。那裡面不會有任何嬰兒食品外的食物，至少我幾個小時前才確認過，我花了時間去市場買毛豆，豌豆，豬肉和魚，把它們蒸熟，切成小塊，用果汁機打碎之後，放進冰庫凍成一個個小冰塊。

我自己吃的是外送食品。我在電腦裡記錄幾家愛吃的，或是說我曾經愛吃的食物。在為嬰兒工作後食慾奇怪的消失了，在胃裡投入木屑也可以。但是實在是餓了，胃袋以奇形怪狀的空癟擴散在肚子裡。我發現我的眼光盯著咖哩飯。咖哩飯，滑嫩的牛肉，包裹在咖啡色的濃稠的醬裡，覆在溫暖的飯上，之後可以喝一大口可樂。

打開門的時候外送員出乎意料的是個女性，大約五十歲上下，一副好媽媽的圓臉。並不是說女性不能當外送員，但這樣說起來，好像女性從事的多半是留守在原地的工作，比方說保育員或專櫃小姐之類。女性外送員微笑地說，四十元找給您，低頭把鈔票放進她鬆軟腰間繫的包包裡，用同樣親切的微笑說，在哭了呢。

什麼，我茫然地說。

她說，是個男寶寶吧，身體真好呢。有沒有考慮過我們的嬰兒膠囊服務？

請等一下，我說。

我匆匆跑到嬰兒所在的房間，直到門口一點聲響都沒有，我輕輕的把門打開，嬰兒倒在床的角落，眼睛緊閉著，發著最輕的啜泣聲，奶嘴穿過了圍欄，掉在它搆不到的地方。我用消毒液噴在奶嘴上，等了六十秒讓它乾，放回嬰兒嘴裡。

外送員仍然站在門外，臉上帶著明朗的笑容，好像我就是她期盼以久的人一樣。

您怎麼知道它在哭呢？我問。

我們的嬰兒膠囊服務，她接著說，讓您可以完全放心，嬰兒在最適當的溫度和濕度裡，享受著高品質的空氣和最優質的睡眠。會長得很好喔，您要看它隨時有三百六十度內建的攝影機。

我吃了一驚。你是說把嬰兒帶走嗎？

是啊，放在膠囊裡面。

有人會這樣做嗎？我問。

當然，媽媽外送員說。從腰間袋子裡拿出一本手冊。說這樣吧，您參考一下。隨時可以打電話來。您慢慢享用吧，喝可樂時要非常小心喔。她小小的微笑一下。

咖哩飯還是很棒，醬把飯完全的包覆起來，充滿完全炒融的洋蔥和洋芋，我喝了一大口可樂，它不幸跑進了錯誤的管子，我發出大聲的咳嗽聲，並且恐怖的聽到嬰兒的哭聲。

嬰兒在圍欄裡痛哭。臉漲得通紅，深深吸氣之後，發出尖銳長達六秒的叫聲。我在消毒鍋內拿了奶瓶，從定溫熱水器中注入四盎司的水，用湯匙刮平倒入兩湯匙的粉末，鎖緊瓶蓋用力搖晃時，在嬰兒吸滿了氣要尖叫前放進它嘴裡。

嬰兒啾啾的吸起奶來，奶瓶裡發出空氣被抽乾的聲音，幾分鐘後嬰兒鬆開了奶嘴，嘴巴開開的睡著了，我拿了紗布把它汗濕的頭擦乾，也擦了擦自己的額頭，把嬰兒床旁的白噪音機音量降低兩格，把門輕輕關上。

我維生的方式像鳥巢編成的方式一樣龐雜，圍繞著照顧嬰兒這件主要的事情。在嬰兒入睡之後，我接一些翻譯書的工作，這很容易配合嬰兒的時間，在書桌前進行就可以，只要可以心無旁騖地做，一個月可以譯出一本來，可以支付所有的開支。很可惜的是這樣的工作並不會一直有。

於是我打開了電子信箱，看看有什麼工作可以做。有兩個人要求我幫他做今年的占星分析。這個可以在電腦上作業，另外有一個民宿的短期清理工作在兩天後，報酬不錯，足以支付嬰兒的三罐奶粉。我皺眉思考了一下，這個必須要帶著嬰兒去進行。我在腦中沙盤演練了一番，想像揹著痛哭中的嬰兒擦地板和洗碗，嬰兒濕透地貼著我的皮膚的情境，深深地呼吸，回覆了好。

我回到我前夜正在進行的工作，包裝糖果，將網路上批來的蠟燭糖果一根根用蠟紙包起來。這是我最近找到的一個差事，所得驚人的豐厚，顯然世界上有許多人喜歡在網站上購買零裝的蠟燭糖來吃，原因是什麼，就和這些人的實際所在離我一樣遙遠。我的手心出汗嚴重，因此必須不時拿著面紙擦乾，再繼續包裝。從網路上買來的，沾上真人手汗的，包在白色蠟紙裡的蠟燭糖。我不確定他們會不會想要這個，但也許這正完全是他們下單時要的東西，我停下手思索這個可能性兩秒。

嬰兒這時候哭起來，幾乎像蚊子的嗡嗡聲猛烈撞擊耳膜，我從沙發裡猛然彈起來，嬰兒房間的冷氣從門縫裡透了出來。我悄悄把門打開一個縫，好像門上放了一個裝水的杯子那麼輕，嬰兒在哭，眼睛閉著，發出嗆咳一樣的聲音。

我看準了空隙，在它呼吸的間隔中把奶嘴塞進去，它的嘴巴茫然地動起來，危險已經過去。

就在我轉過身關上門時，手機響了，它在書桌上的某處，不在我一眼可觸及的位子。它的聲音有些鬱悶，我從書裡的夾縫中好不容易才找到拿出來。

喂。

一種吸塵器的聲音，在巨大的山洞裡運作的吸塵器。

喂。

又像海浪一樣。一陣陣的，深深的呼吸聲。呼，吸，呼，吸。

我把電話按掉。

我繼續做蠟燭的手工藝。把紙攤平，把紅色的蠟燭糖放在上面。

我再數了一次從昨天晚上包裝的糖果，二百八十三根，這可不少，足以裝成四十六盒。

我站起來，伸展身體，深深呼吸，花了十分鐘才恢復能量。房間裡漸漸暗下來，我幾乎可以聽到嬰兒在睡眠中每個細胞嗶剝更新的聲音。

我打開電腦開始進行占星分析的工作。我寫著，在你人生中的某一領域，你一定能提升自己，實現為你帶來認可和尊敬的成就。無論你認為自己多麼消沉，也無論你的環境多麼令人壓抑，結果都會如此。如果你對此全力以赴，便很可能心想事成。是真的嗎，我開始對這個感到懷疑。

嬰兒是不是太過安靜了，這個想法突然降臨到我身上，我的頭皮瞬間收緊。我腳不離地的安靜快速的平移至嬰兒房間，發現它面朝上滿頭汗的熟睡著。我隨即到廚房去安靜的製作了一瓶牛奶，回到房間裡將奶嘴頭輕輕放進嬰兒的嘴裡，嬰兒馬上用力吸食起來。奶瓶一上一下的瞬間光了，嬰兒的嘴一鬆繼續睡著，我把冷氣向下調了一度。

我回到桌前又花了二十四分鐘完成了占星分析，前後又逐字檢查了一次，寄出。我移至地板上繼續包裝著糖果，並且每裝了四十支就起來做開闔跳運動十五下。在做完第三次時吃了一支蠟燭糖當晚餐，硬得讓我下巴發軟。

洗澡的時候我常聽到嬰兒的哭聲。當我把水關掉側耳傾聽，周遭寂靜無聲，反覆幾次亦然，我忍受著那幻覺，快速洗完澡。

嬰兒的清潔工作是一天的尾聲。由於嬰兒常在睡夢中，我必須把它叫醒，嬰兒的臉會皺成一團，發紅而且發出震耳欲聾的哭聲。在浴室裡幫這樣的嬰兒洗完澡會很激烈，在穿好它放回嬰兒床在廚房泡牛奶時候達到高峰，嬰兒發出的類似油炸的聲音讓我整個人都要燒焦，它用同樣的熱切吸光一瓶牛奶。嘴唇蠕動終至停止。

接下來是守夜。

我讓嬰兒自己睡在一個房間裡，原因是培養它的獨立性，藉由從這麼小就自己睡在一個房間裡可以達成。這當然是胡說的，真正原因是我不願冒任何吵醒嬰兒的險。我會磨牙。這是聽說的，以前我常在睡眠中被推醒。因為咔咔的咬牙齒聲讓對方沒辦法睡。

我回到我的房間，距離嬰兒的房間大約有十三步，橫跨了整個客廳／飯廳。為了不錯過嬰兒的哭泣聲，我裝了監視器，哭泣聲會透過我的電話傳出。

睡覺前我會再餵一次嬰兒，我把裝滿奶的奶瓶塞到它熟睡的嘴唇裡，像跪在萬神殿的信眾，祈求這個給彼此帶來一個平靜的夜。它猛吸了幾下，像是回應。

而當關掉燈之後，所有的黑都湧進來，有時候有點擠。我在房間裡，眼睛和耳朵穿過了門和空氣，到達了嬰兒的房間，這使我被稀釋得有點薄。黑暗穿透著我。當我在半夜聽到了嬰兒的哭聲，這通常發生在夜晚三點，我已經流溢四散的時候。當那尖銳的聲音觸及我的耳膜，那發散的瞬間收束，幾乎讓我喘不過氣。我奔至廚房製作一瓶奶，而那通常可以讓嬰兒停下來，有時候嬰兒停不下來，閉著眼睛哭著滾來滾去，我拿著奶嘴在暗中尋找它的嘴，讓它喝到再度入睡。

我要花時間才可以睡著。有時候我會坐在床上一陣子，好像客廳對面的那個嬰兒房只有我過去的時候存在，離開就消失了。再醒來時是腳帶著我到嬰兒房間的，嬰兒在哭，充飽了電，全身軟趴趴的，我抱起嬰兒放在桌上換尿布。它眼睛睜開，裡面什麼都沒有，好像它不知道自己在做什麼，一切像鳥的築巢是本能。

而新的一天已然來到。嬰兒伸個懶腰，嘴巴張大，眼睛裡都是波浪狀的淚水。我按照學過的按摩手法在嬰兒的腹部打圈，按壓四肢，目的是增加嬰兒性情的穩定性。嬰兒看著我，臉有種剛做好的布丁的凝固感。我看著它，它雙手緊握，臉微微漲紅，我等了一會，它終於放鬆了身體，我抱著嬰兒去開了洗手台的熱水，把嬰兒的褲子和尿布解開，同時嬰兒一直直視著洗手台上方鏡子裡自己的臉。它沒有脖子，臉是一墩軟軟的肉，兩球臉頰鼓了出來，鼻子是一個整齊的小突起，嘴唇是尖起的山形。嬰兒看著這一切，然後看向鏡子裡的我，它的母親。我身上是舊的T恤，頭髮是一團待築的巢。我的眼光和嬰兒的眼光在鏡中相觸。我們共同擁有一雙蝌蚪一樣的下垂眼，嬰兒的眼黑大些，整個眼睛都是黑眼珠。

我在水龍頭下清洗完嬰兒，包好尿布，餵了牛奶，嬰兒已經昏昏欲睡，再放回床上已經熟睡了。我在嬰兒旁邊好一陣子，隨著它的呼吸數了五十秒，旋即離開房間，在T恤上套了一件運動衫，穿上球鞋，把錢包鑰匙手機塞進褲子後面口袋裡，打開門走到外面去。

工作的民宿在離家裡大約十二分鐘的路程，我走得很快。是一個巷子裡的舊公寓四樓，我依照著指示在信箱裡拿到鑰匙。走樓梯上四樓，磨石子地板，高屋頂，每步都有回音。打開兩層門進去屋子，乍看之下以為是乾淨的，然而空氣中有種使用過的氣味，我的工作就是消除那些痕跡。

我通常從廁所開始，把比較多的時間留在這個區域。推開門發現情況不算壞，我戴上手套，把地上的毛巾放在門外，用清潔劑和刷子用力刷洗洗手台，地板和浴缸。馬桶是另外一個重點，我用馬桶專用刷刷到像新的一樣，用蓮蓬頭把所有地方都清洗一遍後用乾布擦乾，補充衛生紙和洗髮精，把毛巾丟進洗衣機。

我邊換床單和被套，邊想著嬰兒的事，感覺載著嬰兒的那片地板因此漂移近了一點。我用吸塵器吸了許多黑色長頭髮起來，用抹布跪在地上到處抹了一次。我站了起來，我把烘衣機裡的大毛巾拿出來折好。一切大功告成。剛才的略為零亂的房間已經消失在世界上，成為我個人的一個小回憶。

外面下著雨，玻璃窗上都是流下的雨滴，像眼淚。這當然是我學著這麼說的。我走到了雨中，只是一些溫的水滴而已。我走得越快越感覺不到。天色發灰，家裡似乎還要好久，皮膚底下因為焦躁而刺痛，我終於到了家門口，一路走到了嬰兒房門口，我遲疑了一下，終於還是開了門，一眼往去，床上並沒有嬰兒。

我移至床旁，期待在被子裡看到嬰兒，但是沒有，我摸遍了床上。然後我看到嬰兒在我腳邊。

顯然嬰兒在我不在的時候攀著欄干站了起來，而圍欄已經太淺，於是它掉了出來。我看了監視器的畫面。所幸床很矮，嬰兒毫髮無傷。我檢查它的全身，骨頭沒斷，頭沒有腫，身上沒有淤血，它用明澈的水滴一樣的黑眼睛看著我。

我抱起嬰兒，它抱起來有點沉，我從衣櫃裡找出一條長布條，把嬰兒前後左右的密密纏在胸前。

我站起來在屋裡行走，打開冰箱拿了一盒冰凍的嬰兒食物泥。在鍋裡隔水將它融化，拿出嬰兒的橘色塑膠湯匙餵它。嬰兒在我胸前，一口接一口彷彿很美味的含住湯匙，吃完一碗後我的身上和它的臉皆是泥濘一片。

我帶著嬰兒到廁所洗。到房間把它解下來，換了衣服和尿布，把它放在地上用最快的時間給自己換了上衣，然後我覺得累，以及飢餓。是那種不顧一切要把你擊倒的餓。我的雙腳從大腿以下開始軟弱無力，我把嬰兒抱著，從手機叫了咖哩飯來吃。

嬰兒在我的腿上試著要扶著我的頭站起來，手緊緊握著我的一束頭髮。我掙扎著想掙脫它的掌握，電鈴響了。

上次的那位好媽媽外送員出現在門口。她看著我胸前的嬰兒，彷彿它是她期待了一生的人。

肚子餓了嗎？她說。

是啊，餓死我了，我說。

我是說嬰兒，她低下頭端詳它的臉。它在餓。

它剛剛才吃過，我邊拿錢給她。

它還吃不夠，她凝視著我，最近是不是摔過？沒有人看著它嗎？

我拿回找錢，沒想到說什麼。

我們的膠囊服務，讓您把嬰兒放在最安全的環境裡看護，您看過我們的介紹了嗎？這是說明影片，如果您把之前的手冊弄丟了的話。比自己帶還要放心，特別當您人手不足時，參考看看。

我抱著嬰兒邊吃飯邊看了那片光碟。吃飯前先再餵了嬰兒，她沒說錯。它是餓了，又吃完了一盒泥狀食物和一瓶奶。嬰兒打著呵欠和我一起望向螢幕，眼睛水潤。

首先是亮晶晶的一個個膠囊。總共九個。像小的太空艙。一個女性聲音講解著，膠囊上面儀表板一樣的螢幕，清楚顯示膠囊裡的溫度濕度，嬰兒的心跳和呼吸頻率，和它的睡眠周期。當嬰兒睡眠來到了動眼期，照顧人員就知道快醒了，即去準備尿布和牛奶。膠囊內的空氣新鮮，氧氣充足，每一小時自動轉為仿日光照射，嬰兒因此可攝取足夠的維生素D，每個嬰兒都配有專人照顧。

嬰兒的副食品，是中心自種的有機蔬菜和肉類，加入糙米打碎。螢幕上的嬰兒把一大碗食物泥吃得一乾二淨。

接下來是一個嬰兒正張嘴咯咯大笑，一個保育員慈愛的看著它，手上拿著字卡快速的翻動。這時期的嬰兒，那聲音說，需要比成人快八到十倍的速度才足以給予腦部足夠的刺激。保育員接著用一個奇特的手法，上下左右的按摩嬰兒的手腳軀幹。嬰兒因此迅速的產生反射動作，手腳劇烈的揮舞。如此培養出來的嬰兒，將會聰敏而反應快，同時具備足夠的安全感。

本中心的費用低廉，每個月僅收取您，她說了一個相當於四碗咖哩飯的錢。我聽了一愣。原因是某個民間機構深感下一代培養的重要性，捐助了大量資金。

當您想看嬰兒時，輸入帳號和密碼您隨時可以登入，攝影機是三百六十度的。接走嬰兒在二十四小時前登記，即會送至家裡給您。

如果您自認可以提供下一代更好的照顧，請繼續您的看護。要是您不能，歡迎您把嬰兒送來，我們將提供完備的撫育。

嬰兒在我手臂裡，眼睛發直，我知道它快睡著了。怎麼樣，想去嗎？我試著問它，嬰兒沒有說話。

我揹著嬰兒走路在路上，它的頭四處轉動著，眼睛像優良的相機鏡頭那樣的調遠調近。居住在民宿的客人抱怨有臭味，要我過來一趟。

我進了房間，一種膿和血在發酵的味道瀰漫，在地面角落我發現了一粒黑色的老鼠糞便。我左右嗅聞著，在屋裡行走，嬰兒在我背後一顛一顛。我嗅聞，發現味道最濃是客廳的一道主樑的冷氣機開口下面。

我在工具箱內拿了螺絲起子，把梯子從儲藏室拖至冷氣機下，到臥室的抽屜裡找了乾淨的床單，把背後的嬰兒從頭到腳都包裹嚴實。我深吸一口氣，踏上梯子，逐漸一階階爬上去。

我伸臂將冷氣機的螺絲一一卸下，用頭頂和左臂頂住冷氣機，它的重量沉重的落在我的頭頂上，讓我暈頭轉向。最後的一個螺絲扭下，我艱難的將冷氣機慢慢的移開它的洞口，粉塵和木屑開始均勻的撒在我身上，聽起來像細雨。背後的嬰兒一直保持著沉默。也許是全黑讓它已入睡了。隨著落下的顆粒越來越大和多，我抱著冷氣機從梯子上慢慢爬下來。我感到背後的嬰兒開始劇烈的扭動，發出尖叫，到了最後一階時我不慎踩住了包裹住嬰兒的床單，腳下一個踉蹌讓我失去平衡，我彷彿看到了地面緩緩的向我的臉迎面撲來。冷氣機脫離了我的手，我們雙雙重跌在地上。

我趴在地上數秒，感覺到背後的嬰兒正在深深吸氣，要發射出一個震耳欲聾的哭叫聲。我手伸到背後，要把嬰兒從層層被單中剝出。嬰兒因為痛哭和驚嚇全身汗濕，但沒有受到撞擊，沒有受傷。我的右臂由於撞擊鐵梯大約有一個三乘以三公分的創傷，表皮被刮去，從粉色的肉裡正流著血，手腕劇痛。

我用左手抱起嬰兒，到廚房沖洗傷口，用餐巾紙做了簡單的包紮。接下來我把嬰兒放在地面上鋪好的被單裡，在包包裡拿出牛奶餵了它，它大口的抽泣般的吸吮。

然後我得做我該做的。我迅速再度登上了鐵梯，到了冷氣機的口，如今像一個巨大的嘴張大著，仍緩緩漂落下粉，散發出強烈的腐臭味。我用一個小手電筒照了那裡面，然後用塑膠袋把那個氣味的來源包了起來，是隻巨大腫脹的死老鼠，倒在一片久被遺忘的捕鼠板上。

我下來把那個放在廚房的大垃圾桶裡。嬰兒的哭聲稍停，以為我要把它抱起來而伸出雙臂。

我火速的把冷氣機扛了起來，爬上梯子，用肩和頭頂抵住，把螺絲一個個拴緊。下來，測試了功能，很可惜的是它似乎故障了。我去洗了手，揹起嬰兒，把地面掃乾淨。

到家卸下嬰兒的時候發現它已經睡著了。但我還是依照專家的建議，對著睡夢中的它唸了一篇故事，是在講述一個老鼠家庭分工合作的故事。

我把嬰兒抱回床裡。泡了一碗麵，期間我又看了一次膠囊的介紹，在片尾的電話號碼的畫面按了暫停，將那個號碼抄在紙上。

整理好的嬰兒的衣服，奶嘴和襪子，一包包的放好，因為右手扭傷而進展緩慢。嬰兒趴在地上，把上半身撐起來，然後一扭身坐了起來。它在地上摸索了一下，然後把手放進嘴裡去咬。

昨天打電話去，中心的人說是今天下午兩點來接。現在還差十分鐘。我把嬰兒從地上抱起來。它摸起來有點熱烘烘的，不知道是不是我的錯覺。它扭動著身體，我把它放回地上，它於是去玩在地上的一個空瓶子，用嘴去咬關緊的瓶蓋。

我把門打開，來接的是一個年輕人，戴著眼鏡和帽子，以至於臉給人種模糊之感。他低頭核對了一下資料，嬰兒嘴開開的向上抬頭看著他。他用推車帶了一個膠囊以搬運嬰兒之用，和在電腦上看到一樣，橢圓形的發著光。他讓我看了裡面，襯了防撞的軟膠質感的厚墊子。嬰兒在裡面很安全，他解釋道。

我在文件上簽名，然後他開始搬運嬰兒的物品，之後他把嬰兒放進了膠囊。嬰兒躺在裡面，不太確定發生了什麼。從上面的艙門可以看到它疑惑的眼睛，接著是皺著的眉頭，張大的哭泣的嘴，接著門合了起來。他提起膠囊上的把手，離開。

我坐在原處。心思仍四散著。然後我體認到，這裡面只有我而已。我到處弄弄收收，然後覺得疲累。於是我爬上床，進行好久沒有的白天的睡眠。

醒來時我不知道自己在哪裡。窗外的天色已經昏暗。路燈在窗外散著光暈。飛蟲在光暈的周圍聚集，像一束光芒四散的蒲公英。嬰兒的念頭進入我腦海讓我全身一緊。我旋即想起它如今在妥善的照顧之下，於是放鬆下來。從手機我登入了中心給我的網站，花了時間設了帳號。手機螢幕出現一個圓狀的物體，我思考了數秒，發現是嬰兒的頭，它正睡著，頭顱上的鼻尖隨著呼吸上下起伏著。看著這個畫面讓我有種安心之感，於是我在黑暗中注視著這個，嬰兒在黑暗中發著綠光。他們應該把它翻過來，我突然想到，它趴著會睡得比較熟。我在手機上找到了之前和我解釋過的客服線上聊天，和他們發了訊息。很快在畫面中看到嬰兒上方的蓋子打開，在一片反白的發亮中，一雙手緩慢的把嬰兒托起，一隻手把嬰兒反扣在另一隻手上，輕輕的放下來，在嬰兒的後腦勺撫摸了一下。蓋子闔上。嬰兒沒有醒來，繼續沉睡著。

我換了衣服，走到了外頭的黑裡。才十點多，街上有種壓抑住的喧囂，走著的人好像要共同趕赴一個約會。我轉身走進了一條窄巷子，只是想讓周圍的空氣流動。一種奇異的欠缺感，是嬰兒在遠方的那種感覺。部分的我散發開了，像黑夜裡盛開的花，我周遭的輪廓彷彿模糊不清，沒入了黑暗本身，只剩下中間的核。

巷口的便利商店在黑中發著螢光，像魚缸，我走進去，花了三十五元買一杯咖啡。我坐在窗邊，看到外面的人。

我帶著不完整的自己走回家裡。

花了很久的時間洗澡，以往對自己的那種感覺一點點回到身上。等我踏出浴缸，我已經回到原來的那個堅實的自己。我檢查鏡子裡面的自己，除了下腹部有一條隱約的黑線，頭髮偏乾外，我的樣貌基本上和生產前是一樣的。一六二公分，我秤了體重，五十一公斤，膚白多痣。皮膚偏緊實，髮黑且直，在肩膀左右的長度，這使我的年齡看起來比實際年輕四歲左右，五官不特出而偏小，嘴唇薄而緊閉。

●

我打開電腦，打算再接一些翻譯的工作來做。但很快的我發現我在整理履歷表。我知道這個流程，把原來的生活方式收束起來，把自己綑得緊緊的，像一個包裝精美的禮物。我知道那些上班的，整整齊齊的日子。我像一個打游擊戰太久的人，需要在這些秩序的壕溝裡休息。

我整理出一份簡潔的履歷。上面顯示出來的我是一個受過適當的教育，擁有過數份工作和專業能力的女性，不太年輕不太老，三十一歲的女性。我在人力銀行篩選了約六家在徵求人力的公司，不大不小，約莫四十到八十人的公司，把履歷一一寄出。

我從電腦上登入嬰兒的監視器。畫面裡先是嬰兒的兩個立著的腳底，鏡頭往上轉，嬰兒原來是坐著，有人正從上方的艙門餵它吃泥狀食品。嬰兒很美味般咋吧著嘴。一個夾板上的表格上記錄嬰兒吃的是糙米，羊肉，毛豆和小松菜。加上兩湯匙的亞麻子油以補充omega3。

我從鏡頭內僅能看到一雙屬於女性的雙手，一匙匙餵養著嬰兒，嬰兒坐在艙內的鋪著灰色地毯的地面上，低著頭玩弄著自己的右腳。它的臉頰胖胖的鼓著，臉色紅潤。突然它漫不經心的轉向鏡頭。嬰兒彷彿發現什麼般那樣注視著我。

我匆忙的把電腦蓋了起來。

●

早上七點，我打開衣櫃把生產前的工作衣服拿出來，也只有一個抽屜而已，我要去的地方也許會很冷，我出門前拿了一條黑色圍巾。圍巾圍在脖子上，觸感柔軟，讓我想起嬰兒抱在手上滑膩的觸感。

公司離家七站地鐵，中間經過一次轉車。從家裡到辦公室需要四十三分鐘。在地鐵上，我沒有占到位子坐下，於是站在門口的鐵桿旁邊。旁人的溫度推擠著我。太久沒有到外面來了。當我看到人們用各種奇形怪狀的姿勢站著仍堅持使用著手機時，我花了四秒時間想也許這段期間外星人用某種方式透過手機統治了人類。但接著我也拿出了電話，熟練的登入嬰兒的所在地。嬰兒的頭頂用一種太近的距離出現在畫面上。它在睡覺。我轉動著攝影機翻至嬰兒正面的睡臉。它的睫毛緊閉著，臉色紅潤。我於是把手機放下，做轉車的準備。隨著人擠出車子，用最快的速度走路，從地下道逐漸走上了外面有光的地方，在月台上等車。

然後我隨著列車的風登上車廂。裡面疏疏落落的人，我坐了下來，列車裡幽暗。窗戶反黑，映出了我漠然的臉。

車門打開，我走出來，進入這棟上周來過的灰黑色大樓，它的外表閃亮，像個膠囊。

辦公室裡的空氣和外面不同。它比較冷，帶著灰色專業的氣息。人資部門的員工給我拍了照片，設定進門的指紋和密碼。許多人不耐地越過我試著到更遠的地方去，比方說我背後的牆後的茶水間。人資給我一個小小的區域簡介。

在我意識到以前，我已經在座位坐了下來。右手邊的女同事從電腦前轉過來看了我一下，我即投入了這一天的工作。工作是約聘部門的部門祕書，前一位在匆忙中離開，因此留下堆積如山的工作。在輸入了一些文書資料後，我被一個面色蒼白的男人叫進會議室做記錄，裡面有六個人，剛才的男人在示意我坐下後繼續在白板面前做今年公司的財務分析，其他的人在日光燈下，表情眩惑。如此一下即到了午餐時間。

我在座位上打開便當，內容一望可見，是一塊很薄的排骨和兩款黏糊糊的配菜。玉米之類，我含糊地吃著，感覺到有人正從上往下的望著我，是一個女同事，年齡相當輕，問我一些私人問題後回到自己的座位。她非常友善，但我很久沒有和新的人說話，那種生猛和被人觀看事實上嚇壞了我，我到廁所裡去坐在馬桶上好幾分鐘，假裝沖了水，洗手，再回到座位上。

我利用零碎的時間觀看了嬰兒。它在鏡頭內激烈的活動著，雙腳前後的踢，嘴唇尖尖張著，柔嫩如初生。我看著那個，皮膚因為記起碰到嬰兒的感覺豎起雞皮疙瘩。一粒粒的站起來。腳趾蜷起。嬰兒的黑眼睛有時候轉來直視著畫面，我看著那個，幾乎以為它生活在螢幕裡面。

我在冷空氣中翻譯了一些文件，整理會議紀錄，訂了機票，寄了email，發現外面已經暗了下來。我轉動椅子環顧四周，看到很多的位子空了下來。還好吧第一天，我旁邊的女同事邊拿著大包包站起來說，她大約三十歲，說話聲音沙啞，可以走了。她說。鞋子隨即發出叩叩的聲音。

我下樓坐地鐵，沒有等很久它隨著風到了，我上車，艱難地在擁擠的手臂間看著地鐵圖，幾經轉車後，在嬰兒的所在地出了站。外面的空氣很暖，暖而濕熱，像一張薄毯網在身上。我看到那店在建築物的七樓閃爍著，天空異常漆黑。

我坐電梯上了樓，櫃台的人讓我換了拖鞋，登記了名字和證件，給我一個粉紅色的口罩，示意我戴上，並在門口的沙發上等，那沙發是褐色的真皮，極為柔軟。我看了周圍，地毯是淡綠色的長毛，再過去是木質地板，用人字形的拼法。一切看起來特製而昂貴，真不知道他們是怎麼維持這一切。

一個戴著口罩的工作人員出來接我，我於是跟著她走到裡面，穿過一個長走道。兩面牆壁奇怪的均是鐵皮的，溫度調至很低，頂上有點點綠色和紅色光閃動，工作人員隔著口罩和我解釋是溫度和濕度的控管系統。轉了彎光線丕變進去一個寬闊溫暖的房間，光線顏色近似於太陽光，暖洋洋的撒在身上。右手邊是一面透明落地玻璃，閃耀一片金屬光芒，一具具膠囊整齊排列在裡面，三乘以三，上下分三排，像樹枝那樣從一個粗大的柱狀物伸出來。裡面的天花板亮到看不清輪廓。三到五個工作人員在裡面忙碌著，皆戴著口罩手套，有幾個在高處活動著，有一個工作人員在靠窗的地面上，我看到他把手伸入停在地面上的膠囊，它面板上顯然有一個洞口可以讓雙手伸入，同時把臉靠在面板上。

工作人員接下來把頭抬起來，望向我，招招手叫我過去。我走至玻璃前茫然不知如何進去，用手套的手輕輕敲敲，往下指了一下，我才恍然原來下面有一個開口，她隨即把膠囊推前，剛好嵌入開口。

他隔著玻璃示範如何將手伸入洞口，同時我才看到面板上的一面方形小窗已打開了四分之三，我即把臉湊近窗口。

那裡面的光線極柔和，淡淡的藍色，還隱約有星光，嬰兒趴著，正熟睡，細髮的頭上下起伏著。我呼吸到一個粉粉的香味。

我把手伸進去，用手輕輕觸碰嬰兒，它的背脊，被子外的小腿，翻起來的腳底，最後是頭。嬰兒由於在睡因此一無所覺。我的手隔著手套也一無所覺。

我再一次湊近窗口，嬰兒在睡眠中將臉側過，我因此看到它的鼓起來的半臉，被肉擠壓的嘴，我摸了一下，便站起身來。

在櫃台的人員現在是上次到我家的外送人員，那個和藹的女性，我實在不了解他們是怎麼分工的。她的臉上現在是困惑的表情，但依然稱得上親切。

您說太高科技的意思是？她問。

我是說我以為是那種比較傳統的托嬰方式，像一個媽媽照顧的那種。我覺得這樣會不會太不自然了。這些機器不是很像實驗室嗎？

您要了解，照顧孩子最自然的方式，就是媽媽自己照料。她不動聲色的輕笑一下。當然我們中心就是設計給您這樣需要工作的媽媽。實行的方式也許看起來很多機器，但是絕對是最適合寶寶的環境。您可以放心。

但是我碰不到它。

您剛才沒有和寶寶接觸嗎？

隔著手套。

她和我解釋手套和病菌，寶寶和病菌，以及寶寶、病菌和工作人員之間的關係。當然您可以考慮把寶寶接回去。

您知道由於接回去的風險，寶寶現在已經十個月大，之後我們會讓它們互動，這樣會增加其他寶寶傳染的機會，因此我們會讓您簽一個保證書，和酌收保證金。

我看了一下，保證書裡面也充滿那種不動聲色的笑。保證金倒是還好，是平常月費的二點五倍。

最主要是看您把寶寶帶回去後是不是可以像我們這樣全心全意的照顧。

其他的寶寶也回家的嗎？

它們全都在這裡。團體生活對它們很有好處。

當然寶寶並不是要一直待在這裡，像您的寶寶現在是十個月，您可以考慮在一歲後帶回家。她又說了許多寶寶的健康和免疫力之間的關係，聽起來就像裡面的線路一樣複雜。

我說了我回去想想，再和他們聯絡。

上班已經進入第三個禮拜，和我先前的上班經驗重疊的是，一開始的那些激起的塵埃已經落定，一些同事開始的微弱好奇如今已經完全平定，同事之間很少交談，我可以安靜的上班下班，中午在桌前獨自吃飯。我感到很滿意。

辦公室一直處在一種灰濛濛的沉悶裡，從早上進來即是這樣，起先我以為和天氣有關，已經連續幾個禮拜，灰色的網一樣的雨密密地封住天空。有時候傍晚會停住，更多時候下整天整夜。下得讓人錯覺你只是在等雨停，雨停了就走。後來我發現這從辦公室的內部散發出來。也許是那些灰色的壓克力的桌子，部門每天會進來的約聘員工身上低價位的西裝，或是工作本身的性質，運輸工司的約聘部門，動盪中的動盪，事情和郵件不斷的進來，時間不斷被截短截斷，透出裡面的灰質來。

下班時間大約是六點半。同事們在那之前就陸續離開了。我會利用這時間稍微收拾一下，然後慢慢的離開。我中間打開手機看了嬰兒兩次，有一次它醒著，它先是大哭了起來，然後像雨停那樣停下來。也許它是不是也以為雨停就可以走了。

我在回家的路上會經過超市，在裡面買一些青菜和肉片，回家煮熟吃。之後我清洗鍋具和自己，然後專心的包裹蠟燭糖。一次一條，放在棉紙裡然後捲緊，兩端捏起來。看著蠟燭糖，很難不想到火焰的事。會不會有人以為這是真的蠟燭而訂購，到了點燃都一直不知道這原本是糖呢？我邊包邊想這樣的事。

到了睏得不得了的時候，我就爬上床，再睜開眼已經是白天，便出門上班。

中間的兩個周末，我想把嬰兒接回來。但是想歸想，最終我還是沒有去。於是我灌注自己以大量的睡眠。晚上一口氣睡上十二個小時，白天除了洗衣服和叫外送來吃之外，都在睡覺。但晚上的睡眠，濃郁如espresso，白天的睡則像是巧克力，可以斷斷續續的喝，但最終會冷掉，變成一種單調幼稚的飲料。到了傍晚我終於像一條完全被發開的乾魷魚，再不離水不行了。我於是頂著發暈的腦袋開門走下樓梯，到了外面的街上。

外面的人有一種裡面的人不了解的節奏。從床上往窗外望去，他們那樣滴滴答答的走個不停，顯得可笑。到了外面才知道走路這件事是一步接著一步的。我帶著我自己走過幾條街，在紅燈的時候停下來，在綠燈的時候前行。有些人臉上帶著一種表情，好像已經不想再走下去，但他的腳還不想回家，他於是像遛狗一樣遛著他的腳。

我轉彎，穿進巷子，鑽進一家麵店。找了一張靠牆的桌子坐下。牆面斑駁，像人的臉。

好久沒來了。麵店老闆娘說，先生呢？

我笑了一下沒說話。過了一會我叫了一碗湯麵。很快吃完之後就回家了。我洗了澡把衣服掛起來，鑽進被子裡睡覺。

在嬰兒滿九個月的那個周末我把它帶回家。早上到櫃台去領取了嬰兒，一樣由戴著口罩不見面目的工作人員抱出來，嬰兒被淺綠色的棉質衣服包裹著，僅露出緊閉著眼的紅撲撲的臉，就像水果店裡販賣的高級水蜜桃。

嬰兒在我手上沉甸甸的，我把它直直包著，因此它的頭往前垂落，下巴靠在我的肩膀，我聞到它身上肥皂和乾淨尿布的氣味。我將手伸進嬰兒的衣服下襬，將它的小腿撐在我的手臂上，感覺到它滑膩的小腿皮膚。我的手握住它的腳掌，嬰兒如今長大了，腳較之前明顯抽長，已經超出我的掌心。

我考慮著是不是應該帶嬰兒馬上回家，在大樓前的紅磚道前站了一會，看到它睡得很熟，我決定沿著街慢慢的走。嬰兒的嘴微張著，呼氣發出輕微的聲音，像嘆息。它的眉頭微蹙。我於是移至樹蔭底下，是一個炎熱的天，天空中一無遮蔽。嬰兒的臉上僅有的是光。而現在有點點樹影搖曳在它的臉上。

嬰兒依然無知地睡著。好像只有我可以感覺到嬰兒的身軀裡不斷傳遞到我身上，那種像電一樣的東西。它的路徑像水流，先盈滿了我的手，再往下流經我的手臂，讓它像土壤般吸滿流溢，再往胸口衝去。我感覺到四肢鬆蕩，嘴角鬆弛，我像泡在水裡，端著嬰兒往家的方向走。路上的人皆微笑閃避。

嬰兒被放在床上時沒有醒。而我已經全身濕透。在我洗澡的時候嬰兒的聲音迴蕩著，而我已經知道那有可能是虛構。當我再度回到嬰兒的房間時，房間裡充斥著嬰兒的熟睡。像氣泡那樣的一伸一縮。

我像以前一樣，在氣泡觸及不到之處做我的事情，吃我的飯，包裝糖果，我在嬰兒該吃飯的時候去看它，它沒有動靜，我把它溫暖的手指拿起來又放下。它轉個身繼續睡。我泡了奶讓它閉著眼睛喝。

夜在我的腳下延伸，當我出了公寓決定到便利商店買一點可有可無的東西，像一瓶礦泉水或口香糖。也許是今天晚上特別黑，路上的人都小聲說話，在黑中輕輕閃避對方。我在櫃台旁拿了水，給了剛好的零錢。轉身要走。有人對我說。

嘿。

我停下來。

你住附近？

我點頭。

都還好嗎？

我想了一下。都還好。

對方於是在我的面前停下來。

我來買菸，他解釋一樣的說。搖晃一下手上的菸做為證明。

後來有時候也想知道你過得怎樣。他說。

這不是問句，所以我沒有回答。

誒你等一下。他走到窗邊的桌前，低頭彎腰在紙上寫，把紙拿給我。這我電話，你有空打給我。有需要的話。沒有需要也可以。想找人講講話的話。

我接過來，那紙條好乾，我在口袋裡揉了揉就變成一團。我點頭。好，保持聯絡。

我走回家。嬰兒睡著。

我把那紙條拿出來放在桌上。是一個十個數字的號碼。尾數是4，豎的一撇直畫到紙的尾端。那是N，是A的同事，A死了之後，我沒有再見過他。

A是我在出版社的上司，如何認識他的過程，如今變得像一片沒有高低起伏的平原，籠罩在灰色的霧裡。在合作一個大的案子，翻譯一本探索宇宙起源的書的時候，因為必須晚歸而吃宵夜邊討論工作的事。多半在一家公司附近營業至深夜，菜極為鹹的餐廳。老闆娘，或是說老闆，是位喪偶的中年婦人。人平時似乎頗為寡言，一開口就是刮鍋子般的粗嘎嗓音。他們說在丈夫死後她試著吞清潔劑自殺。很顯然沒能成功。

A的手總是放在桌上，中指的第一節側邊凹陷下去，帶著藍墨水的印子。夏天的辦公室裡還是很熱，總是穿著短袖格子襯衫，左邊手肘有個凸起的暗色疤痕。

A在我之前在公司已經六年，年紀也比我大，他對後進的同事很嚴厲，用紅筆在我們的翻譯稿上毫不容情地圈出錯字，有時候還在旁邊加上兩個以上充滿嘲弄意味的驚嘆號。

有天晚上我在辦公室加班，已經連續五六晚的熬夜，在凌晨過後，我突然彷彿被壓在一塊巨大的石頭下動彈不得，由於體力耗盡，似乎對自己身體的控制能力也隨之消失。眼淚鼻水從我眼裡鼻裡溢出，A走過的時候，我嘴裡也說出原本不在系統裡的句子。我問，這是怎麼弄的？用手指碰了A手肘的疤。

A並沒有回答我，而是拿了一些衛生紙和熱水給我，叫我回家去。第二天到辦公室，我發現我尚未做完的部分已經完成，被印出來整齊地放在桌上。

由於我的公寓離辦公室很近，本來是同事們會借洗個熱水澡再回去加班的地方，雖然是個現代的公寓，房東由於在木材公司做事，牆面和地板都是舊的木板鋪上的，感覺起來像是個森林裡的小木屋。屋裡很小，我在像給小矮人用的廚具前燒水泡茶給疲倦的同事們喝。

在A搬進來住之後，同事們都很有默契的不再來了，除了N還是經常過來，按兩次短促的對講機，接著就聽鞋底擦著地板咚咚跑上來的聲音。他會買一袋子的外賣，菜和飯之類的，我們一起沉默悠長的吃。

和A在一起那種敵對一樣的感覺馬上被打破，這是我對當時的領會，三個人在一起的時候，就好像多了一個音階，尖銳的聲音變得柔和下來。

嬰兒叫了一聲，我走進房間，發現它坐在嬰兒床裡，兩腿向前伸直，臉上滿是困惑或者是困擾的表情。它的臉是好幾個球體的組成，額頭，雙頰鼻子下巴和後腦各一個球，我伸手進嬰兒床，驚訝的發現它抓住我的一根指頭，然後放在它嘴裡咬住。它的下面已經長出兩顆牙齒，用上面堅硬的牙床抵著。不太痛，但很有力。我把嬰兒抱出床放在地上，它迅速的爬動起來，隨即撞上椅腳，臉皺起來，發出嗚咽聲。

我趕快將嬰兒抱起來，揉它撞到的頭，透過稀疏的頭髮，可以看到裡面的頭皮有些泛紅。嬰兒舔著它的嘴唇，然後將嘴唇吃進嘴裡去。我讓它跨開腿坐在我的髖關節上，到廚房去試著用一隻手泡奶。它伸長了手要去拿奶瓶，想把手伸進流動的水裡，我不斷把嬰兒轉開，然而它要拿的意願是那麼強烈，我怕它碰到滾燙的熱水，只好把它再放在地上，嬰兒哭叫並且扶著我的小腿站起來，高度直達我的膝蓋。我低頭看它而它仰臉看我，那眼光裡透露著堅決，我訝然發現它已經是一個有著獨立意志的身體主人。

當嬰兒睡著已經是半夜了。我們一起洗了澡，浴缸裡漂浮著它身上食物殘渣，像水藻那樣搖晃著。我感覺自己像一艘破船的殘骸，暫時擱淺在處處髒汙的沙發上。我記起過去嬰兒睡在屋裡的感覺，安靜像淺淺的水一樣溢滿屋子，又像等待著一個未爆彈的爆發。

過去A回到我們住的地方，我會從他開門的方式知道他的心情，那鎖很陳舊了，就和那深藍色的鐵門本身一樣。如果他輕壓著開門，只發出一點點聲音，然後輕輕的把門關上，那就表示這一天對待他不錯，或者他會在開門進來的每個環節故意一樣的加重聲音。

他現在死了，和嬰兒暫時安歇在夢中一樣。我知道他不會再出沒在我的生活裡。我焦躁的動作影響了包裝糖果的結果，紙的末端變得皺成一團。我把那個拆開重新再來。

睡著的嬰兒渾身飽滿渾圓，看起來小而完整，好像在做一個密不透風的夢。它笑了一下，然後是一個頭腳顛倒的大移動。我幫它把被子蓋好，塞入它的手臂下。它側著睡，展露著它的側臉和圓圓的肩頭，我幾乎有個錯覺，好像它不需要我，就可以活得很好。

嬰兒在清晨起來，在床裡一股腦的坐起來，然後摸索的站起來，碰的又倒下去，發出啊的大叫聲。

我們出門的時候天才微亮，嬰兒的額頭摩著我的臉頰，然後它轉過來看著我，雙腳因為興奮而踢動著，身體因此一下一下跳動著。它摸索的捉住我的手指，把那個放在嘴裡咬著，然後它把手在它的面前張開，很驚奇一樣看著。

我徒手抱著嬰兒，它坐在我的前臂上，背對著我望向路上的人。路上零星的人在晨光中走，像剪影。嬰兒看到人先皺著眉頭思索，我想像著它翻閱著腦中的照片，沒有沒有沒有，然後確定是沒有見過的人。我抱著嬰兒越來越沉重，因此就近把它放在一個尚未開門的櫥窗邊，嬰兒光著腳坐在那窗前，細細看著玻璃裡自己和我的倒影，用一種平淡的目光，它不知道那個是它自己，或是它自己和窗框的分別。天已經漸漸轉亮，嬰兒的輪廓卻有些模糊，好像吸收了日光而被稀釋了。

我們在石磚的大路上走著，我或抱或扛著嬰兒，兩人接觸的地方都是濕答答的汗水，我看到在熱氣蒸騰中有一個早餐店，就帶著嬰兒進去，點了冰的豆漿和煎蛋。我餵嬰兒吃那煎蛋，用筷子沾著濃稠的蛋汁，它含著筷子頭用力握著。嬰兒坐在我的腿上，頭向後靠在我的胸前，臉向上地等我餵食它，全然沒有保留的臉。

●

下午的辦公室因為大雨和空調的結合，所有的窗戶皆被白色的霧封住，我們都在手機上收到大雨特報的簡訊，暴雨會造成道路封阻和交通阻塞，建議儘早離開積水地區。辦公室在舊的城區裡，地勢處於低窪地帶，在中午過後，我們即在信箱裡收到同事們可以提早疏散的email。嬰兒所在的中心是在辦公室的西邊，我在窗前眺望，遠方白茫茫的一片，好像並不存在。也許世界上只剩下我腳下的這塊地方，其他的遠方是我想出來的，我突然有這樣的念頭。我試了好幾次進入嬰兒房間的監視器，但可能因為大雨造成的網路不穩，螢幕像窗上一樣一片反白。

我關掉好幾天都只是進入睡眠的電腦，它發出短暫的嗤嗤聲即熄滅。同事們早已逃難一樣的離開，辦公室裡僅剩下我，和雨水打在玻璃窗上的達達聲。我走到樓下時候，大雨毫不留情的瀑布一樣灌注在地上，站在騎樓裡半邊的身體就會因為濺起來的水而濕透。我想著要去看嬰兒的事。

通往地鐵的階梯是濕漉漉的，地上到處淹了薄薄的一層水，日光燈在泥濘上反射著讓人心煩的白光，在月台上列車向我們開來時，那陣風將軌道上的積水噴濺起來，濺在那些已經半濕的臉上身上，顯得非常惡意。車廂裡擠著皆是疲倦潮濕的人們，空調冷冽，彷彿會呼出白霧的煙，每個人都用拇指撥弄著手上長方形的發亮螢幕，心事起伏，讓車廂更顯擁擠。

隔壁男學生的腿緊貼著我的小腿，那濡濕的布料親密的黏在我的皮膚上，而我已經懶得移開。車子幾次停頓下來，過了一下又好像沒事那樣的滑動起來。我不敢往外看，因為怕那種傳遞全身發癢的焦急會讓我站立不住，等到車廂門打開，我層層穿過那些樹木一樣駐立的人們，快步移過濕滑的月台和樓梯，快到達洞口時聽到雨嘩嘩下著的聲音。雨像粗繩索那樣向地上拉著，我的傘在那之下艱難的移動著，鞋子和褲子吸飽了地上的水。我憑著記憶和本能往嬰兒所在的大樓移動，在巨大的沙漏一樣的雨裡走了許久，終於搆到了大樓的入口。

空盪盪的，管理處的人可能因為大雨而提早離開，燈還開著，桌上的郵件堆疊。我的步伐拖行著水聲和與地板摩擦的嘎吱聲音，電梯的速度奇慢，好像花了五分鐘才到了七樓。裡面燈光是亮的，一切一如往常，我和櫃台人員說了要看嬰兒，她微笑答應，並拿了一條乾淨毛巾給我擦拭，我環顧四周，還放著輕柔的診所音樂，地毯乾燥無比。我站過的地方成了一灘濕印。

我被帶去洗手和梳洗。經過上次的反應，他們決定如果我要直接接觸嬰兒，必須要做更徹底的清潔。我面對著大面的鏡子用肥皂液搓著雙手，十指在彼此的空隙中搓著，儘量保持一種實事求是的務實感。接著我換掉濕衣服，拿出放在不鏽鋼籃子裡的布套般的東西，是一件乳白色的厚棉布，套上後長至小腿肚。我穿上同色的拖鞋，隨著工作人員走向嬰兒。

上次的那個房間由於晚上的原因，燈光調得很昏暗，仍然可以看得到膠囊透著玻璃在裡面發著微光。嬰兒已經被一個戴著口罩的工作人員抱著，她還沒有交給我嬰兒即對我伸出雙臂，臉上因為笑而肌肉鼓起，雙腳興奮地踢動。

我把嬰兒抱住，驚訝在戴著口罩的情形下它仍認出了我。嬰兒的臉貼著我的下巴，嘴唇像剛生出來那樣水嫩。我摸著它的腳底，觸感幾乎像絨布。

我和嬰兒一起走到它們的遊戲室，如今嬰兒已經十個月，時常在這裡活動。嬰兒被放置在鋪著軟墊的地上時敏捷的翻了過來，搆住我的膝頭很快的站了起來。它撐著一陣子然後鬆手落了下去，在地上爬起來，我從旁邊的玩具盒拿了一部黃色的小車子，它隨即爬過來，用手壓著車子往前，嘴裡發出嗚咽的聲音。

怎麼哭了，我問。工作人員站在門邊，說那是它在模仿車子跑的聲音。的確是，嬰兒抿著嘴發出嗚的聲音。它抬臉看我，又再度露出笑容。臉全都擠在一起。下排兩顆牙齒露出來。我輕輕拍著嬰兒的背脊。

今天可以帶它回去嗎？我問工作人員，果然她說必須在兩天前經過申請才行。嬰兒坐在我的大腿上，一下一下的跳動著，爬上去又爬下來，轉過來用手抓住我的鼻子，用額頭抵住我的額頭良久，我的內部硬塊突然有融解之感，在裡面暖洋洋的流動，我們就暫時像擱淺的海豹一樣在沙洲上，海浪在腳邊輕拍，手和腳舒展著在水裡面搖晃，嬰兒的熱度像電一樣的從額頭接觸的區域傳導過來。我試著去感覺它的想法，但這想法自己隨即被打碎在浪裡。

已經到了嬰兒睡覺的時間了，工作人員說。嬰兒的眉眼發紅，我辨認出這是它要睡眠的徵兆。嬰兒由工作人員帶走，它彷彿對我揮了手，我不知道那是不是我的錯覺。

我回到家，電燈不亮，我扳弄了幾個不同開關，發現是停電，打開大門，別戶人家的蒸騰聲音傳進屋裡。我於是走到街上，雨非常微弱，幾乎像錯覺。帶著暖意的積水到腳踝，我用鞋子攪拌著那個走著路。

便利商店燈塔一樣的佇立在街角。我隨著那個燈光走了進去，發現許多人聚集在裡面。攤著手，拿著濕淋淋的雨傘，暫時失去了目的地和語言，站在那裡隔著玻璃默默的看著那雨。我買了一包菸，已經許久沒抽，但許多東西賣光了，輪到我結帳的時候我發現我得買些什麼，於是我說請給我一包菸。

我走出了門外，站在人旁邊點燃了菸，我拿著那個放在嘴裡，不一會又把它拿在手上，太久沒抽菸，那味道變得相當刺鼻。以前A會在廚房的抽油煙機底下抽，期望那會把氣味抽乾淨，但那不會，那只會留下一股煙和焦躁的氣味。

我旁邊的一個女孩在說話，和她旁邊的男性。因為雨的聲響被弄得斷斷續續，或是她說話就是這樣絮絮叨叨的，可以聽出來於現狀不滿的氣味，不被朋友了解，和家人相處也不好，覺得被世界逼得無處可逃。她說了這句話兩次。沒有地方可以去，所以有些事情必須被改變。旁邊的男性說這些都不重要，用一種淡漠的語氣，那麼淡漠以至於我聽得出來他是說真的。

我試著想一下沒有地方可以去的感覺，但隨即發現沒有非去不可的地方。我可以就像現在這樣，在一個濕淋淋的流淌著不均勻的水流的屋簷下，手裡或許可以拿著一根不抽的香菸，身體和頭腦裡留著嬰兒的氣味和觸感，明天有班可以上。回到家如果電來了，便在睡前包些蠟燭糖。

從有意識以來，我就是獨自長大的孩子。父母都上班，試著存下更多錢以有更多餘裕，努力過著一個整齊的人生，他們沒有什麼時間或心情去為我說明任何事情。我也沒有談得來的朋友，由於愚笨，我需要事情被解釋得清清楚楚，被寫在一本手冊裡，放在一個盤子裡遞給我。但世界上並沒有這樣的事。事情等到清楚的從水裡露出全貌的時候，也是它結束的時候。而每件事情的形成和質地都很不同，也因此處理的方式也大不相同。隨著時間過去，我並沒有累積一個萬用的態度來面對所有狀況。也因此在A的出現和死亡的中間，我像靈魂出竅那樣的稀薄。而現在我站在一個堪稱乾燥的地方，我不想再過那樣在雨裡奔跑的日子。

等到雨停我才回到家，打開門室內大亮。我站在蓮蓬頭下再度弄濕，然後在乾燥溫暖的房間裡包裹了二十七個糖果。

由於公司接了國外訂單，在辦公室的時間變得很繁忙，我跟了幾個會議打了幾個文件，望向窗外已經全黑了，窗子映照的是室內的情形，好像那值得被重複一樣。

離上次看到嬰兒又過了三天，嬰兒從監視器畫面看到，總是睡著覺。我坐了車循著那路線到了那棟大樓。然後坐了電梯上去，因為一整天的俯案工作感到肩膀發緊，手指因為使用太多電腦感到疼痛。電梯門打開走出去是一個普通公司的接待處，我走回電梯，卻赫然發現我在正確的樓層。沒有地毯和音樂，沒有微笑的工作人員。櫃台小姐聽到我說托嬰中心，喃喃的在嘴裡唸著，一副莫名其妙又愚蠢的樣子。我深深的被那愚笨的樣子所激怒。我們是快遞公司，她笨拙的重複。就像一個巨物坐在胸前我呼吸困難雙腳沒有力量。我跑過了櫃台，和許多試著絆住我的人，跑到了裡面，穿過每次來的走廊，轉彎到嬰兒房，卻發現後面已經沒有了，原本裝著嬰兒們的膠囊的地方像是太空船那樣飛走了，剩下一個黑洞般的開口堆滿了紙箱。裡面的人愕然的看著我。我繼續向後跑去，但已經來不及，有人從後面捉住了我。

我坐在派出所裡，對面的年輕警察沒有時間抬頭，低著頭在做著別的紀錄，偶爾發出嗯嗯的聲音。好了，他把手上的記錄本收摺起來放進一格卷宗裡，請說。

我告訴他嬰兒一開始去這個托兒中心的原因。

外送人員？他皺著眉頭說。然後你就讓嬰兒去了？

也不是那麼簡單。我說。其中有些原因。
他說，請繼續。
然後昨天去的時候，整個嬰兒的房間，連同嬰兒，都消失了。我說。

他停下筆一陣子。
會不會被外星人捉走了？他問。
我看著他。

很抱歉，我有時候遇到這樣的案子，會想到這個，那警察說。
沒關係。我說。

做完了筆錄，我拿到報案三聯單走出警局。我一邊看著那單子走著，腳下絆到個東西，我好像看著自己崩潰傾倒那樣，覺得不至於會倒，但就那樣摔在了地上。右臉重重的撞到地。我一路試著平衡，但終於放棄了那樣趴在地上。

我停在那裡，鼻子碰著粗糙的柏油路，心臟夾在胸腔裡蹦蹦的跳著。但我一動也不想動。我沒想過，但如果我的身體是別的材質做成的，會是怎麼樣。如果我是玻璃做的，就這樣倒下來，碎成了大塊，大塊碎成了小塊。然後被踩碎碾碎，變成了粉末，或卡在柏油路中的縫隙，或飛揚在空氣中，也許被吹得高高的，到大氣層之外。到最後不復存在。

你還好吧？背後有人在說，同時一面拉住我的左臂，讓我坐起來。我頭暈目眩，一下沒有認出那是剛才的警察。

在流血。他比一比臉頰。你的臉。還有手也是。

我低頭看覺得刺痛的手肘，表皮破損翻開，看到裡面粉紅色的肉，鮮血把那下部染成紅色。

他坐在我旁邊，把我的手臂繞過他的脖子，然後費力的站起來。

我坐回到剛才的位置，他說等一下，然後消失在隔板的後面。我面向門口坐著，看到一位白頭髮的老先生，和左右兩位刑警肩併肩的走進來，三個人很熟悉地有說有笑的走著，老先生的手部奇怪的蓋著紅布，我稍想了一下才發現那是手銬，到我面前時，他們三人很稀奇的看著我邊走過去。

那警察回來，把一包面紙和濕毛巾給我，你擦一下，他說。

我依言照作，沒有什麼刺痛的感覺。沒有感覺。

我回到家。覺得很疲倦。我於是邊走邊脫衣服，到浴室把水打開。我把身上滑膩的凝住的血沖開，再把腳沖乾淨，把身體擦乾，在鏡子前面把剛買的繃帶貼在傷口上，然後去倒了一杯水來喝。我坐在蠟燭糖堆旁邊想，然後決定也許手上有些事情可以忙會想得比較清晰。我拿起一張棉紙把糖果包進去，然後再包了一個，然後又是一個。我決定停手，但忍不住又包了兩個。同時我全身像被人毆打過疼痛難耐。我鑽進床上，還來不及想就那樣睡著了。

我覺得自己好像半浮在空中，離地大約二十公分那樣輕輕的飄浮著。像個氣球那樣穩定的水平移動著。然後我突然想到我不是會飛嗎，我就那樣往上飛了一些，然後我加入了蛙式，開始往上往下的在空中移動著，在比天花板略低的位置繞行著房間。

房間是一個公用的餐廳之類的場所。有人向上看著我，好像很羨慕我能飛。但我卻有點困惑的想難道不是每個人都可以嗎，只是要不要的問題。後來我看到嬰兒乘坐著一座淺藍色的雲朝我飄來。那雲的質地看起來很堅實，像是密實的大塊棉花。然後我牽著那朵雲一起飛行。那始終不能說是飛行，我還是覺得。但人們只是坐著，選擇向上看著我們。

我醒來，隱約記得有一個空洞般的事情，然後凝聚起來，想起來嬰兒的事。但夢隱隱約約讓我覺得有點喜悅，我就靠著那個的力量起床，把衣服穿好。該吃點什麼。我想了一下，然後恍然大悟。打了那個外送的電話。

電話當然是打不通的。打的電話變成空號。您撥的電話是空號。我讓那機械的說話聲持續一陣子，然後掛斷了電話。但有個事情讓我不至於感到絕望，那是什麼一時之間想不起來。肚子餓的問題得先解決。身體已經許久沒有注入食物。於是我套上球鞋，拿上鑰匙，出了家門。早上已經打電話去公司請假。

外面的世界是亮晃晃的，總是比在室內回想起來堅硬。我在路邊坐著吃了一碗麵。嘴裡一直有種持續的淡淡鹹味，吃不到食物的味道，於是我動著牙齒盡責任的把放在嘴裡的麵咬斷再咬碎，弄成一團糊後吞入肚裡。就像之前為嬰兒做的那樣。

然後那個像打開的汽水衝出瓶口一樣，我想到應該要去哪裡。我站起來走向路口，經過一輛計程車即跳了上去。

那棟大樓在這樣的早晨仍然還在沉睡。我下了車，走進那個管理處，第一百次的按了按鈕上七樓。我低著頭進去看一看，確定那還是沒有變回去育嬰中心。

嬰兒中心裡當時有六個嬰兒。他們都是差不多的年齡。就算再怎麼不常探望，一定會有其他嬰兒的父母發現了這件事情。也許可以從他們那裡找出其他的線索。

我坐電梯到一樓走出大樓。選定了大門外的一根圓柱，在柱子後面有一塊石頭平台，後面延伸成花圃。我坐在平台上，被柱子擋著遮蔽良好，稍微一探出頭即看到過往的人和電梯。我到對街的便利商店買了蘇打餅乾和水，即開始了我的駐守。

是一個淺藍色天的上午九點，上班的人潮已經變得疏落，有人進去大樓，但明顯做著上班的打扮，我仔細看，他們要去別的樓層。我於是再轉向外面。好一陣子沒有人進來。我想著會寄放嬰兒的父母應該都是在上班的人，會來也是下班的時間了。也許應該晚一點再來，但一時也不想離開，也許在附近可以問到一些事情。

管理員是個五十歲左右的男性，穿著類似船員的保全人員制服，矮胖胖的看起來很親切，坐在桌子前有時候轉向我的方向看著。我離開了位子走到他的前面，問他是否知道之前的育嬰中心搬到哪裡。他對那一無所知，連外送公司的事都是第一次聽說。難道不會有家長來看孩子嗎？由於大樓對於訪客相當寬鬆，沒有登記的制度，所以完全不知道有家長。至於貨運公司，他說這是最近才搬來的，這個我已經知道了。

我看著管理員戴著眼鏡寬闊的臉，看起來倒是很坦然，不像隱瞞了什麼，所以只好走開。

我打開蘇打餅乾的包裝，拿出一片來，上面一顆顆晶亮的鹽，我用指甲把鹽摳掉，再花了時間把它弄出指甲。我看到一位女性穿著黃色的運動服從柱子後面走往電梯，並且按了七樓，便去問她。

我是來上班的，她在電梯門闔上的空隙間說。

後來的幾個人也都是。

傍晚五點，下班的人開始出現。先是兩三個，然後像魚群那樣多。一車車的由電梯載下來，臉上是恍惚和放鬆的神情。幾次之後，又漸漸減少，直到完全沒有。

然後到了九點，是那種滿是晚風的夜。我喝著水，依舊朝外看著。幾乎已經沒有訪客。管理員也早在七點就離開。我知道一定要等到育嬰中心訪客時間結束的十一點，所以我仍然坐著。

十點整。人跡變得極稀少。僅有一兩個穿著制服的快遞人員，也許是要回公司。他們都到了七樓。於是我也隨著他們搭了電梯上去。

七樓的門一開，我才發現無路可去。在櫃台之前的鐵捲門已經整個降了下來。僅留著旁邊的小鐵門供這些快遞進去。我只好留在電梯裡。

電梯繼續往上到了八樓。原來八樓是一家出版社。兩個男人進來。看起來是剛下班的員工。電梯開始往下，其中一人側過身來。我下意識的看了一下。

是N。

我的腦筋飛快地轉動。距離上次遇到他已經有一個月了。我並沒有想過打他留下來的號碼。那個早就不知道扔到哪去了。不過如果他在這裡上班，那會有幫助。

等到另一個男人走出電梯，我從後面叫N，他轉過來，滿臉都是驚訝。

你在這裡做什麼？N說。

我沒有回答。他說他偶爾會來拿文件給出版社，並不是這裡的正式員工。我說我還有些事，想要快步離開。他卻緊跟在後面。

我轉過頭看著他。

我有一次看到你。他說。你抱著一個嬰兒。

我感覺像站在水裡，水淹至胸口。我們站在全暗的大樓入口，沒有任何人或車經過。四周暗得奇怪，直到伸手不見五指的地步。

它不見了。我說。

我把嬰兒如何不見的事說了，一件都沒有省略。我怎麼樣知道這個地方，我中間看嬰兒的次數，中間一些覺得奇怪的地方，報警的過程，以及我今天是如何一無所獲。不是很複雜的事情，我卻感覺花了很久的時間去解釋，中間我沒有聽到N的反應，也看不到他的表情，他沒有出聲。所以我就像對著自己說話，把所有的事情說出來，那些聲音聽起來很陌生，一顆一顆的，連不成一條線，也許像一個字看久了就不像字了，我自己都聽不懂我在說的話。

我明白了，N卻說，在一段沉默之後。我的眼睛逐漸適應了黑暗，看到他模糊的臉，好像用失焦的粗粒子構成的那樣不真實。

你打算怎麼辦？他問。

我報警了，我說。

那沒有用，他簡短的說。我是說你打算怎麼做？

我不知道，我終於說。

我幫你打聽看看，你等我消息。N說。

我於是留了電話，在馬路上告別。

那個育嬰中心不存在，他打電話劈頭就說。

我那棟樓的同事沒有人看過，他們也沒有登記立案或任何紀錄。那家外送公司有，但是打電話去也沒人接。

我知道，我說。

N說，這說明他們可能一開始就想騙取嬰兒，嬰兒可能已經被分散賣往國外了。

我思索了一下應不應該說，但還是決定說。我感覺嬰兒在不遠的地方，簡直就像在旁邊。就像在家裡掉了東西，明知道在家裡卻一時想不起來而找不到，這樣的感覺。

N默默的聽著。

不顧我的反對，N和我一起來到了大樓，在門口靜坐等待，有人來就上前詢問。N比我積極得多，不斷跑前跑後的問，即使對方一看就知道是來上班。一直到了晚上十一點，我們才疲倦的離開，我到附近的便利商店買麵包和飲料。N買了水。

我軟綿綿的坐在面對外面的椅子咬著麵包。N突然問，你那時候懷孕，是什麼感覺？

也說不上有特別的感覺。我說。每周都不一樣，嬰兒在體內不斷的長大，腳步越來越沉重，之後就生產了。

那生產又是什麼感覺？

我記得那時候一開始痛，是像生理期那樣的隱隱地痛，像清晨時候的細雨。過了四小時之後，變成大痛而特痛，像夏天下午時的暴雨。之後產道全打開，再加上用力，和嬰兒通過產道時的痛，簡直就是大瀑布那麼狂暴的痛苦。

痛得要發瘋。

但等到嬰兒出來，所有的痛會馬上停止，突然恍然大悟原來剛才的痛是為了這個。感覺很平靜，如夢初醒。

N揚頭把水一飲而盡。

窗外的黑變得很稀薄，因為路過不斷的摩托車燈光和青白色的路燈。我把牛奶喝完，又起身去拿了兩只巧克力棒去結帳。好幾天以來那個壓在胸前的東西，似乎因為和N的談話獲得了舒緩。那濃稠的甜巧克力漿吃起來一開始甜得受不了，吞下去後一股熱辣辣的能量傳遞到我的四肢和腦部。

N看著前方，又問，你知道A死的時候是什麼感覺？

我沒有回答這個問題。當時A離開他和太太的家，搬到了我的公寓。N每周都不間斷的來訪，直到A又搬回去他原來的家。在A搬回去之前，情況早已變得很混亂，我之前完全不知道，和一個脾氣這麼狂暴的人住在一起是如此困難。我們那時候先後離開了公司，我仍然拿了許多案子在家裡做，A則停了手上所有的翻譯案子，打算寫他一直以來想寫的小說。A那時會要我讀他的寫作，常常會因為一句話說得不對而暴跳如雷，逼問我是什麼意思，即使我再三道歉，保證絕無不對的用意。在同時他會檢查我每天做的工作，用極盡諷刺的語氣批評，有時候直接把稿子撕碎。在他搬走後，老實說部分的我鬆了一口氣。接著我又必須處理自己懷孕這件事。所以半年後當我聽說他死於癌症，與其說是傷心，不如說是驚訝，接著我又不感到那麼驚訝，他的病解釋了一切。

N也沒有說話，很識趣地把巧克力的包裝紙拿去丟。他說你這段時間一定都這樣亂吃，這可不行。明天我們吃一些營養的食物。

你沒有自己要做的事嗎？我問。你可以不用這樣做。

N說，我最近剛交了稿子所以沒事。之前老是在你們家吃飯，我可以幫點忙吧。

明天在這裡見，N站著說。

喂，你那時候是喜歡A的吧？我說。

N的整張臉紅起來直到脖子，然後慢慢的褪去顏色。我看著他的臉，心想他怎麼還這麼年輕，我已經覺得我好老了。

沒事，只是突然想問看看，明天見。我說。

半夜手機突然亮起來。

我那時正在睡，手機放在床頭。我隱隱覺得奇怪，就張開眼睛，手機螢幕亮著，上面播著嬰兒監視器的畫面。嬰兒好好的睡著，頭頂因為太靠近螢幕而反白。可以看到那小鼻子吸著氣，然後微開的嘴吐氣，鏡頭轉過嬰兒的全身，然後停在旁邊用來紀錄身高體重的紙板，上面寫著嬰兒新的身高體重，備註欄寫著嬰兒很好，會再聯絡。我剛來得及拍了一張螢幕照片，畫面即熄滅了。

我坐起身體想要思索這裡面的事情。但沒有辦法深入去想，像一個橡膠球不斷從桌面彈開。我把那張照片放大，嬰兒睡的地方看起來仍然是膠囊。所有的背景和之前一樣。那字跡也是之前紀錄的相同字跡。會不會是用之前的影片？我腦中浮現這個問題。但嬰兒看起來是長大了一些，它現在是十個半月。身長八十五公分，體重八點七公斤。它持續在成長中。頭腦雖然還繼續分析著，但身體已經較之前放鬆，呼吸慢下來，吸和吐之間的間距變得比較清楚。我看著這個，決定早上還是要回到大樓前，要再睡一下才有體力。

但是怎麼樣都進不去。回不去睡眠裡。總被彈開。我終於又坐起來，從臥房走到客廳。

住的地方是那時候匆忙找的。房子不小，隔局卻有些奇異。廁所橫在客廳和臥室的中間，用兩扇拉門隔開，進出臥房都得經過廁所。臥房像個膠囊這麼小，沒有窗戶，因此完全是漆黑的，之前在這裡睡覺，常常可以墜入黑暗的深淵那樣睡得不省人事。客廳就擺了一張雙人綠色皮沙發，是之前的房客留下來的。一張小方桌是我自己搬過來的。我在上面做所有的事，吃飯，寫稿，和包蠟燭糖。

廚房是最基本的設備，像在飛機上一樣，什麼都是小小的，水槽，爐台，冰箱都像玩具一樣。廚房旁邊有一個以前可能是儲藏空間的儲櫃，卻異常的大，牆上有洞，是以前層板裝過的痕跡。我把這裡變成嬰兒的房間。我打開房門，是兩扇對開的百葉木門，嬰兒床還放在裡面。那時候在準備嬰兒的用品時，聽說嬰兒喜歡沒有太多顏色的睡眠環境，因此床，床單和其他寢具都是白色的。

在沒有嬰兒的情況下，看起來那麼單調，簡直是不知道世界上有其他顏色的那種白法。

不知道嬰兒對住著的膠囊會不會有同樣的感覺，在一個單調無菌的空間裡，它會不會有時候感到呼吸困難。

我走到客廳坐下來，還是決定包蠟燭糖。我試著把糖捲得緊而整齊，堆疊得像金字塔一樣，我那麼專心的做，以至於微微出汗。聽到外面零星的鳥叫聲響，天空發著濛濛的藍色。天亮了。

連續好幾天都在外面，要出門時找不到乾淨的衣服穿。我把待洗的衣物放在洗衣機裡。設定了洗脫烘模式，機器便轟轟地運作起來。我看著那滿是按鍵的面板，簡直像時光機一樣。然後猛然我想起一件事。

我拿起手機，在搜尋引擎鍵入膠囊機器，出來的結果都是做膠囊的機器，或是膠囊咖啡機。這對我來說是完全無用的資訊。我重新打入膠囊嬰兒，在大量的網頁中尋找可用的，終於在一則外語新聞中看到德國已經生產可以飼養寵物的機器。我搜尋哪裡有進口的公司。一家叫百力的公司，位在鄰近的縣市，它們進口果汁機，冷氣機，以及飼養機器。

我將這個網頁的連結用簡訊傳給N，想了一下，又將昨晚嬰兒在膠囊裡的照片寄去。N的電話隨即打來，快得如同我的一個想法。

你確定那是真的嗎？N問。

你指的是什麼？

照片。

我想是。我說。我看到它在動。

現在走嗎？N問。

去哪？

我沉默的坐在N的旁邊，想了一下過去幾周和未來的事。要去的地方有超過一小時的車程，N興高采烈的開著車。從以前他總讓人有這樣的感覺，興高采烈地談工作和一切生活上的事情，沒有記錯的話他剛滿三十歲。我轉向N，他身上穿著袖口稍微捲起的褪色T恤和牛仔褲，車子鑰匙連著向下懸掛的深色皮鑰匙圈，臉上是飛官太陽眼鏡，還是那樣低調地考究。我不禁佩服起來。這種對生活和與自己相關一切的熱愛，從我認識他的五年前，或我不認識的更早以前就持續著。

我記得他只喝法國某牌的礦泉水，每周辛勤的去進口超市搬一箱回家，順便買新鮮生菜和麵包回家做成精緻的三明治當午餐。去健身房運動，夏天到海邊露營曬成墨黑色。開一輛歐洲的復古小車。食衣住行及娛樂都取其最別緻細膩的。以前在翻譯社我和N雖然友好，但並沒有深入成深交的朋友。可能我本能覺得他會不喜歡看到事情的原貌。而我是一個那麼粗糙的人。

N隨他的維也納管絃樂團ＣＤ哼著歌。他停下說你如果餓了腳下有吃的。我低頭看了有個藤籃子，裡面有綠色葡萄，一盒白色軟起士，紙包的義大利燻肉和法國麵包，以及一瓶礦泉水。我不禁失笑說你是來野餐的嗎。N有點受傷的說怕等等沒東西吃呀。我撕了一塊麵包和一小串葡萄吃。車行在高速公路上，地貌改變並不大，都是田，至於什麼田我說不上來，天氣晴朗，天空是單純的藍色塊，遠處的山層疊交錯。

等等你要問什麼。

不就是那些問題，我說。哪些公司向它們購買膠囊，追查負責人。

也對。N說。

GPS的女聲說前方靠右，下交流道，N的車子依言遵行，繼續直行，前方三百公尺處左轉，目的地在您的右手邊。

車子停下來。在一個看起來像住宅的灰色公寓前面。鐵門虛掩著，沒有電梯，我們直接往上走到三樓，樓梯間有股陰涼的沙土氣味。

我按了電鈴，裡面一顆疑惑的頭探出來，在鐵紗窗後面。

您好，我想請問您膠囊的事情，打了電話過來您沒接，因為很急就直接過來了。我說。

對方把門打開，說請等一下，我去叫博士，再讓你們進來。

室內空盪盪的，有一個黑色皮沙發在白色的瓷磚地上，風扇在前面轉來轉去。我和N站著等待。

剛才的女孩出來，我才發現她年紀很輕，不會超過二十歲，她說博士在裡面，請你們進去。

我們走進那很明顯本來是臥室的房間，裡面是一張巨大沉重的深色木頭桌子。博士站在桌前。是一個七十歲左右的男性，中等身材，髮色銀白，眼光銳利，穿著一件上班的直條紋長袖襯衫，緊緊塞進短褲裡，到腳踝的短襪。

不好意思，博士說，沒有想到有人會來。請坐。您說對膠囊有一些問題？

是，我想請問您有沒有向您購買的公司的資料？

博士嘴巴一抿。看起來不是會隨意洩漏自己知道的樣子。

您有遇到使用過膠囊的嬰兒嗎？博士說。您可以幫我打聽它們的使用心得嗎？呵呵呵。

我奇怪的看著他。

啊沒有的，抱歉開個小玩笑。他樂呵呵的說。我們從來沒有賣出去過，一個膠囊都沒賣掉。真的很可惜，但是一個都沒有。

一個，都，沒有，博士用歌的方式唱出來。

我的身體向椅子裡一軟。

啊抱歉，幫不上忙。博士說。可以送您一個膠囊嗎？

我謝謝他的好意。但現在用不上。

真的很可惜，這麼棒的東西，這麼棒這麼棒，博士又唱起來。裸露著的小腿幾乎翩翩起舞。可以放在水裡，可以上外太空～～

剛才的女孩從門口冒出來。老師。她喊。

您從德國進口的嗎？為什麼沒賣出去？N問。

什麼話！博士說。是我自己發明的。他指向牆上，上面懸掛著專利證明書。品名是時空膠囊。活像是保養品的名稱。

這是那時候亂取的，博士羞赧的說，但是個好產品。我們可能宣傳的方法不正確，造成大家誤會，以為嬰兒會一直在裡面出不來，後來沒有人買。

有沒有可能有人剽竊了您的發明？我問。

如果外型像是可能的，但裡面的功能是保密的，不太可能，可能性不大，我之所以沒有說死，因為我們人類的知識是互通的。

他停下說話，眼睛晶亮。

知道我為什麼沒有說死嗎？博士問。

因為我們人類的知識是互通的。N說。

沒錯沒錯。博士說。也就是說，我的知識雖然擺放在雲端，有可能有人晚上做夢，就無意間把它下載了，變成了他的知識。這也是可能的。

博士轉向我，您為什麼問呢？

我告訴他嬰兒不見的事。這是我第三次向人描述這件事情，而每次由於講述的時空，對象和環境的溫度濕度不同，我傳遞出的語調，詞句間的間隔也相對不同。我聽著我的字句一顆顆從嘴裡噴射而出，光是靠著這樣的聲音高低起伏，其中便乘載著資訊，就能某種程度的重現我認知裡的經歷，像是海帶乾泡了熱水一樣發漲起來。我把它端到桌上說，請用，這是海帶的還原。但我知道不是這麼一回事。我在這個的籠罩下講述著，越來越懷疑我的內容，最後故事在無解中戛然而止。

我明白了，明白您對我說的事情。博士嚴肅的說。所以您想要找回嬰兒嗎？

我想了一下，我想是的。我說。

保持流動。如果希望嬰兒出現在該出現的地方，請保持流動。博士坐在桌子上說。眼睛一閃一閃的。

您要清楚的記得，宇宙是一個能量的場所，所有的交互作用都是為了取得平衡，所有的事情，博士的手畫了一個大圈，都是為了互相抵消。

而這個包括了全宇宙，就是我們看不到的世界，多重時空，量子心靈，隨便您怎麼稱呼。

您有時候會不會感覺到，博士瞇著眼睛看著我，您所經歷的一切是您自己幻想出來的？

我說我從來沒有比這一刻更能感覺到這點。

也就是說，您所見的世界是您創造出來的，由您那受到局限的器官，眼睛鼻子嘴巴和腦等等接收分析而來。它是一個歪斜的場，博士用手指繞出一個橢圓。如今出現了斷裂。

斷裂的原因，據我的猜測，是來自抗拒。能量受到阻礙，該發生的沒有發生，能量被折射，從奇怪的地方出來。

從今開始，請您務必注意，不論發生多麼奇怪的事情，請不要抗拒，保持能量的流動，您就會去到該去的地方。

我不知道這和找尋嬰兒有什麼直接關係，N說。

我想做一個事情。博士噗哧噗哧的笑。也許不應該但想做。博士對我說，請您想像一個物體，越不相干越好。想得清晰一點。每個細節都要想過。閉上眼。快點。他揮手催促著。

我閉上眼睛。在腦裡左顧右盼，一時不知道要想什麼。龍蝦。我突然想到。或是說這個突然進入了我的腦裡。墨綠色的，帶著觸鬚的硬殼大龍蝦。身上好像是那樣一節一節的，眼睛是在前端嗎，總之是兩顆黑色的粒狀物，身體彎彎的。前腳好像是像螃蟹那樣的螯。記得在海鮮餐廳的廣告好像看過。尾巴像蠍子那樣翹起來，尾端分岔。

想好了嗎，博士興奮的說。我聽到N倒吸一口氣的聲音。

博士的手上拿著一隻龍蝦。和我想的一模一樣。他得意的用兩手拿住它的身體高高舉著，好像剛把它接生出來一樣。龍蝦好像有點茫然失措，觸鬚微微震動著。博士指著它舉著的兩隻鉗子說，不過這裡您想錯了，龍蝦是沒有螯的。您想成美洲螯蝦了吧？呵呵呵呵。

N驚惶的轉向我說，他就這樣把它從空氣中拿出來了！

是您把它想出來的。這隻龍螯蝦。他又噗哧的笑起來。它先存在在您的意念裡。我只是把它換個地方而已。

你不能這樣把別人想的東西都變出來，這樣世界會大亂的。N說。

所以您是說意念並不比物體真實？您覺得物體是恆存的，而意念像煙霧一樣，想想就飄散了嗎？博士銳利地看著N。他轉向看著站在旁邊的女孩。後者忽然間啪的消失在空中。女孩站過的地方隱隱約約留著一圈灰色的她的形狀。過了一會那個也不復存在。

博士注視著驚訝的N和我。

世界上您所看到的一切，都是意念，您沒有看到的時候，它們即消失。像融化的雪一樣。我只不過在您眼前重現這個過程。虛的世界和實的世界，博士拿起一張紙。中間的分界就是像這樣。事實上連這分界也是人類想出來的。虛與實是並存的，只要您記得這一點，順服於宇宙的安排。您就可以進去那個世界，無處不是入口，徵兆到處都是。

那你可以把嬰兒變出來嗎？N問。

博士說，我當然可以把您意念中的嬰兒變成物體給您，但身為人類，追求真實的人類，他哈哈笑了一會接著說。我猜您對這個並不會滿意。是吧？因此您會走上自己的旅程。您會嗎？您會的。

博士左右看了一下，咕噥著說，沒有人可真不方便，那女孩便從外面走進房間裡，拿著一個塑膠袋的水，把博士手上的龍蝦放進去。把塑膠袋交給我。

我看著那女孩和她手上的龍蝦。沒有什麼比這個更真實了。女孩的瀏海垂在額頭上，臉上的雀斑隱隱可見。手臂上的汗毛和手肘有些粗糙的地方。微彎的小腿。穿著拖鞋的雙腳。她看著我，好像覺得很奇怪。我於是接過那袋子。女孩指導我如何在水裡加入合比例的鹽來飼養龍蝦。我和N向博士道謝告辭。

保持流動，博士說。流，動。帶著抖音。

車子開走我向後看著那公寓。看起來非常堅實。我在後車窗裡看著，像我手中的龍蝦一樣。它在袋子裡向上看著我。我像怕它消失一樣緊緊捉著那袋子。

●

N沉默的開著車。龍蝦沉沒在水裡。偶爾動一下。窗外是清淡的藕粉紅色，黃昏的天。我在搖晃中進入了沉睡。

我在水底步行著。知道自己在水底步行的那種走路法，腳高高的抬起。並且好像在尋找什麼。我走進眼前的一個房間，在桌前坐下，我在等待著。

然後我意識到我在夢中。我仍坐在桌前，像清醒一樣，我發覺自己正在做夢。走進來一位女性，矮胖身材，短髮，約四十五歲，我認出她是之前外送的那位婦人。

她露出真正高興見到我的微笑說，好久不見了。
你們把嬰兒帶去哪裡了？我問。
嬰兒在它應該在的地方，她說。您卻不在您應該在的地方。
我應該在哪裡？我問。
您必須要自己才能發現，她說。我沒辦法告訴您。
您要喝茶嗎？她站起來走動，從櫃子拿出一個紅色的水壺。放在爐上開始燒水。
我想要把一切都弄倒。把水壺擲向牆壁。提著她的領子讓她帶我去到嬰兒在的地方。但我忍住了。我試著接受眼前的情況。剛才的怒氣充塞在胸前，但一下子便消失，像一個塑膠袋被刺破。
女人一直微笑的望向窗外。好像感受到我已經平靜下來，她轉頭向我微微點頭，示意我到窗前。我走到那裡也望向外面。一片蠟筆筆觸畫出來的秋天景色。

您看那裡。她手指著不遠處一個冒著煙的工廠般的建築物。我們都在那裡工作。

你們是誰？

我們是外來的人。您先這樣想我們好了。

你們的工作是什麼？

製造嬰兒。那女人說。

製造嬰兒。我試著重複。

是真的嬰兒，還是虛幻的嬰兒呢？我終於說。

那女人安靜的看著我一會。直到我明顯的確定她沒有要回答後，才把眼神移開。

製作的地方是在像中央廚房的一個巨大建築物裡。一走進去就頭裡面嗡嗡的轟鳴聲，是排風之類的聲音。到處是一種霧茫茫的印象。白色粉末在空氣中飄著。

坐在這裡。那女人簡短的説，領我到一張長桌的尾端坐下。桌子上是簡單的桌燈和一組工具。各種挖桿之類在麵包坊或陶瓷坊會看到的筆狀的工具。

我坐下來前迅速看一下同事們。有男女年齡各種。他們分坐四周，唯一的共同點在於因專心而微張的嘴。

我將面前的白色粉末倒入面前的鐵盆，和旁人一樣把桌上透明的液體也注入，用攪拌棒攪和。

粉和水融和在一起，變成一團和兩者都不類似的物質。我將手指揉進去，感覺到濕黏和乾爽兩種質地，然後越來越趨向平均。

我坐下來，面對著新生的麵糰。製造嬰兒。

嬰兒是這樣造出來的嗎，從我一己的意志裡，隨我的意。

不然它是怎麼被決定的呢？

我回想著嬰兒的臉。它的臉像在水裡一樣，隔著許多的事，帶著遠方的搖曳。

那時候有人說過，趁嬰兒在體內的時候，可以想著期望中的嬰兒的樣子，藉著意念把它這樣那樣的凹折。

我沒有想要的特定形狀，但我記得我想著不要它像A。板著它的脊椎，拉扯它的手臂和腳掌，我想避免它往A的方向走去。那裡是無光的，無氧的所在。

但嬰兒不需要光和氧。並且非常執拗。它出生的一瞬，漲紅著踢打掙扎，極似憤怒的成人，或怪罪人時的A。我如洩氣皮球無能處理它的怒氣。

嬰兒之後平靜下來，稍微長開。有各種生氣和高興的時刻，眉眼間有它自己的樣子。漸漸的，它是它自己。

我將麵糰分隔成數個圓形。先是不確定的，半開玩笑的堆疊在一起。接著我把它們壓扁捏緊。成一大球，稍微壓扁，在面上，我刻出嬰兒的眉眼。蝌蚪一樣下垂的眼睛。山一樣的嘴巴。感覺扁平而無味。

我越過肩頭去偷眼看隔壁的人，是一位年輕的女人，神情溫柔。她的嬰兒已經成形，胖大粉白的坐在桌上，像隻待烤的土司。她正費力用手去撫觸弄順嬰兒從頭到脖子間的連接，動作中充滿感情，讓嬰兒顯得生動。那歪著的頭彷彿要動起來。

我望向面前的圓盤。重新將它揉捏成一團。如果要做，我不願做已經存在的嬰兒，至少不存在在世界的某個地方。

於是我又動起手來，揪下一小團，慢慢的揉出了一顆心。

●

到了，N說。

我立刻睜開眼睛，車子已經停在我的公寓門口。天已經完全暗了。手指由於握得太緊扳開需要花時間恢復。龍蝦在袋裡彈跳了一下。

N下車在打開的後車廂前對我喊，我幫你一起搬上去。

那是博士送的膠囊。橫躺在車廂裡，像星際大戰裡的R2D2一樣矮胖。N和我一起把它搬出來，感覺像一個冰箱那麼重，以它的體積來說重得奇怪。幾乎讓人懷疑裡面不是空的。我們步伐艱難的移往公寓門口，入門處有兩階台階。由N先吃力的抱著，我跑上去用鑰匙把大門打開，再接著一起搬往更多的階梯。到了二樓，我的手已經發抖，不得不放在地上休息一下。

都可以發明出這樣的機器了，為什麼我們搬東西的方法還是這麼原始？N說。

再接著搬起來比較吃力，我們慢慢上移，舉步非常小心，以緩慢的速度前進。搬進家裡面，妥當的將它端放在嬰兒房裡。兩人皆坐在地上，久久不能說話。

膠囊躺在地上，靜靜發著金屬光澤，讓房間閃耀著一種高科技的氣氛。它和嬰兒使用的機器看起來有些細部的不同，像按鍵位置和內部質料。它的內部是墨綠色的絨布，但現在我看著它，幾乎會以為一打開，裡面即是核仁般柔軟的嬰兒。

N說，你就住這裡啊？四處望著。

謝謝你，要不要喝什麼？我簡短的說。

N說不用，晚一點還有事情。便離開了。

我把龍蝦倒進一個臨時替代魚缸的水盆裡，龍蝦靜靜的待在水底一動也不動。我有點擔心，把手放進去攪動了一下，龍蝦的觸鬚輕輕碰到我的手，有些刺痛。

我去準備洗澡。把浴缸塞起來，水嘩啦嘩啦的流下來，水是藍色的。我想到之前幫嬰兒在裡面洗澡的情形。

嬰兒很喜歡水，我是根據它的表情來判斷的，它會有種放鬆的表情，眼睛瞇著，好像就要睡著了。有時候會把水裡的手疑惑的拿起來看看，然後甩出一些水滴來。它不知道水或濕是什麼。不知道它是怎麼解讀洗澡這件事情。

好像很久沒有專心的想著嬰兒了，我突然發現，每天為了嬰兒周邊的事情奔走，卻沒有花時間去想嬰兒的本身。

我坐在水裡，水已經深及腰，散發出熱水的氤氳氣味。嬰兒的額頭非常前凸，像金魚那樣，裡面摸起來是柔軟的，好像有填充物。眼睛像兩隻蝌蚪那樣尾端下垂。嘴巴是山形的。軟軟濕濕的，有時候會用那個觸碰我的臉頰，在上面留下一道蛞蝓走過的痕跡。肩膀渾圓，身體像一個德國麵包那樣結實。腳掌又長又大。

嬰兒有時候會轉頭對我咧著嘴笑，好像聽到了一件可笑之事那樣。嘴巴張開，做一個無聲的大笑，鼻子皺起來，口水因此滴落到胸前頸間，一片水淋淋。有時候它高興起來，會拿起我的手指，多半是食指，送入口中，用兩顆石板般的前牙用力切咬，眼睛一面目不轉睛的注視著我。不知道它知不知道這隻手指是我身體的一部分。它的頭髮稀疏，一直是直立的，站在頭上芒草紛飛狀。汗濕時則一條條貼在頭皮上。

至少在我上次見到的時候是那樣。

●

水已經滿淹至胸口，我用腳把龍頭關上。水很軟，人可以插浸在其中，水可以抹在身上臉上，卻不會因為長時間浸泡而大量溢入體內，這其實很奇怪。

反而汗水從身體裡不斷的滲出來，從頭皮，在臉和髮緣側集結成汗珠，沿臉頰滴落回洗澡水中。

公司的工作可能必須要辭掉，我想到。

我從水裡站起來，用浴巾包裹自己，身體似乎消瘦了，手臂和大腿變細了，肚子癟下去，鬆弛著沒有彈性。頭髮長了，許久沒有修剪。現在在肩膀的位置。

我穿上衣服，皮膚尚留著潮濕的觸感。我把抽屜裡的信封拿出來，我把現金放在那裡面，視覺上還是厚厚的一疊，我數了一下，等到月底交完房租，就去了三分之一。

我拿出一個很久沒有用過的筆記本，好像是生嬰兒的時候醫院送的，前面附著一些表格說明嬰兒幾個月時應該怎麼樣。三個月手該可以握緊，六個月該翻身之類的評量。我翻到十一個月的嬰兒，已經可以不扶牆而站立。

我把剛才算好的金額寫在本子上，把房租，生活費等寫在下面扣除，大約是兩個月份的生活費。這樣應該夠了，中間的收入來源也許用包裹蠟燭糖來填補就可以。

我準備包裹糖果，但蠟紙用完了，我從沙發底下拿出一卷來，打開來反捲一次以免捲得太厲害，鋪在桌上裁成一張張包裝的大小。我忽然感到這個感覺很熟悉，原來是捏製嬰兒時在手上留下的感覺。

我暫停下手上的工作，靠著沙發把一整天發生的事在腦裡回想一遍，出於某些原因，我拿出筆，在剛才記帳地方的下方寫下，保持流動。

到公司遞辭呈，處理一些交接的事情，忙過了午餐時間，看了手機有N的未接來電。我趁著去洗手間打回去。

喂。

有發現了，我在大樓前面。N說。

N今天早上仍然在前育嬰中心的門口等待。我並不知道這件事，他說他遇到了一位去看嬰兒的母親。

你在那裡等我，一會就到。我說。

我跳上計程車，司機卻是一個談興很高的男性。

有小孩嗎？他問。幾個？

得知我只有一個小孩，他苦勸我再生一個。小孩會有伴。他說。

我試著專心的聽他說話。轉眼就看到N在門口。旁邊是一個年紀很輕的女性。我看到她好像在哭。

她把頭埋在雙手裡，我隱約聽到她說的好像是嬰兒沒有了。

哭也沒有用啊。我說。

N驚訝的看我，然後我們一起上樓到N工作的出版社去。

我們坐在小會議室裡，沒有人使用，門可以緊閉起來。

年輕女性看起來十分憔悴，眼神裡透露著驚嚇和痛苦。她是在兩個月前把她的嬰兒放在這裡的，她在附近的便利商店上班，本來是母親在幫她帶孩子，因為經過收到了傳單，所以把嬰兒放過來。

我本來以為得救了，她說。

由於收費很低廉，設備又好，比讓年老病弱的母親帶好上百倍，剛好又在附近上班，實在是太理想的安排。本來每個禮拜都來看嬰兒，但上周因為母親生病去照顧，今天來才發現中心不見了。

本來每周都來看，有把嬰兒帶回家過嗎？我問。

她說，因為家裡很遠。周末有時要值大夜班，加上感覺到這裡的人員也不是很鼓勵帶走嬰兒，所以一次都沒有帶過。

她說著又哭泣起來，N拍著她的背低聲安慰，出去帶了一杯水回來給她。

我坐著等她安靜下來，把她的電話留下，說一有消息一定會通知。

簡直像個男的一樣。N說。我們到大樓附近吃午飯，吃完我得趕回公司繼續，因此便當吃得飛快。

我不是說吃飯的速度。N說。難道都不能稍微體諒別人的心情嗎？

我說我不確定那要怎麼做。光是說一些沒用的話可以解決問題嗎？

不是這樣的。N想了一下說。有時候人的心情一變換，原本緊縮的放鬆，該流動的也就流動起來。N看著我說。

那倒是，我說。

即使是假的也沒關係。N說。

假的不知道指的是心情還是關心。我沒有問。

由於工作的時候很勤奮，要加班也都沒有拒絕過，經理對我突然要走有點不理解，對於我說家裡有事也不太相信。

是待遇不滿意嗎？他問。

我和他保證不是，並且承諾事情如果提早解決就會回來。我把東西收好成一小袋離開了公司。

我很久沒有搭乘地鐵，剛鑽入地下陰涼的空氣帶來稍微新鮮的感覺，但很快舊的熟悉的感覺即覆蓋上來。我想像自己身處在一個設計精良的電動遊戲裡，周遭無一不真，也無一不假。那樣的世界帶著一種透過玻璃紙去看的透明感。周圍的人都像演員一樣帶著過分用力的表演痕跡。

我抱著袋子出了車廂一路向上走，裡面是一些記事本資料夾之類的東西，中間鼓漲起來的是馬克杯，杯裡面塞的是還沒喝完的即溶咖啡，每天到辦公室就會馬上泡上一杯來喝，這種日子已經暫時結束。我爬樓梯上公寓，整理了房間和廚房，幫龍蝦換水，用房東留的老舊洗衣機洗床單和髒衣服。

我坐在沙發上，用昨天裁好的新蠟紙包裹蠟燭糖，忽然體悟到一點，就是一切再度回到了原點。嬰兒的事情不去努力不行，但到目前為止對嬰兒到底在哪裡，還是一點頭緒都沒有，像在霧中奔跑一樣。我用拳頭敲打著頭，在房間裡走來走去。

眼前的事情先做好了，邊做邊等待，讓某種潮汐將我推向嬰兒，或將嬰兒推向我。聽起來簡直像某種新世紀的宣言。但現在也只有這樣了。

我打開手機裡的ＡＰＰ來鍛鍊核心肌群。腹部鬆垮垮的不行，腰部容易受傷，上背部也得不到足夠的支撐。我連續做了兩組的引體向上，俯地挺身，和平板，花了十二分鐘，汗水滴在地上。氣喘不已。

洗衣機在一陣轟隆隆幾乎要解體的脫水聲後停止下來。我把衣服脫下沖澡，要把衣服拿到巷口的店去烘乾。應該先做運動再把髒衣服丟進去一起洗好的，這才是正確的順序。我用手把衣服在洗手台搓洗，才兩件衣服一下子就洗好，右手手指突然感覺有些刺痛。我從水裡拿起來，用清水把泡沫沖開。是一道直而整齊的切傷，約兩公分，本來應該已經合了起來，但剛才的浸泡洗去了凝血，變成一段極乾淨的裂口，手指一上下的動便像個嘴一樣張開。

我想了半天最近哪時候有切東西，後來想到了。

製造嬰兒的時候。

我把衣服裝在塑膠籃子裡，運送到自助烘乾店去。那與其說是店，實則是個像通道的地方。沒有門，走進去左邊是洗衣機，右邊一面牆都是烘乾機，九個銀色的圓形洞口。平日的下午人極少，不像周末剛烘乾的衣服馬上被人迫不及待拿出來，現在只有一台機器兀自轉動著，衣服在裡面聚攏又散開，散開又聚攏。

我把衣服放進去，濕答答的一團，等一下再來即會乾又蓬鬆，水氣消失讓整個物體的型態改變，某方面來說是個小型的奇蹟。

回到公寓我想到該幫龍蝦買個魚缸。現在的塑膠盆很淺，它在裡面看起來很辛苦。我上網搜尋後選定一個基本立方形的，需要打氣嗎？池底要鋪哪種砂呢？真麻煩，我有點懊惱的想，早知道那時候該想別的東西，拖鞋之類的。我讀了一些網上的建議，寄出訂單，明天下午會憑空出現一個人在門口，帶著這些東西和帳單來。

●

鬧鐘響起時我一下子不知道發生了什麼。我霍地坐起來，睜開眼睛房間的物體馬上湧進眼裡。我站起來把衣服穿好，從家裡一口氣走到洗衣店去，一共走了七百四十三步，不知道為什麼在頭腦裡算著步數，一路算到了店門口都停不下來，再從那走到我剛才的烘乾機是三十七步，我拿把圓形的門打開，裡面的衣服熱烘烘的才剛停下來，散發出潔淨的氣味。我拿出來，稍微摺疊好，放回塑膠籃裡。我把那迅速的拖回到公寓，重新摺疊整齊，把衣服放回櫃子裡。一樣一樣來，我想著。

冰箱裡面已經好久沒有菜了，我邊思索著邊拿起袋子，走到對面的超市買菜。超市裡冷冽的空氣讓我清醒過來，我推著推車，拿了兩把青菜，青蔥，蛋，蘋果，一包豬絞肉，豆腐，高麗菜，和一包蘑菇，是那種白色胖短的。我推車經過了嬰兒用品區，思量是否應該買一些東西在家裡預備，嬰兒回來隨時可以使用。

我繞著圈子在兩排貨架旁轉著，把嬰兒乳液打開來聞聞看，有些是蜜瓜味，有些是強烈的花香味，最後選定了一種有淡淡痱子粉味道的。

我提著東西再度回到家，把它們歸位。龍蝦在水盆裡爬動著，背部幾乎都露了出來。我於是在浴缸開始放水，在同時把蔥白切成碎末。

等待是一切，我一邊切，一切都是虛構的，我想著。我拿出四個蘑菇來切，把切碎的成品放進碗裡。打了一個蛋進去，放入絞肉攪拌，把混合物弄成一團團。

我起了油鍋把肉丸子炸到半熟，把剛才的豆腐倒在裝了水的大碗裡，用刀將豆腐切成三乘以三的九大塊。我把豆腐撈出來。它在手裡，冰冰的滑不溜丟，我用湯匙把豆腐中間挖了薄薄的洞，洞底抹了一層太白粉，把剛才的肉餡放上去，九個豆腐排開，上面都各放著一個肉丸。我把蒸籠拿出來，加水煮沸，把豆腐連盤子放進去蒸。

我在電鍋煮了白飯，把青菜洗乾淨，在碗裡浸泡，把油倒進鍋子裡正在加熱，電話響了。

你在家嗎？N說。

你打的是室內電話。我說。等等。

我跑去把浴缸的水關掉。水已經放滿到水位最高處。多餘的水正被吞進去，發出吸吮的聲音。

嗯，我回到電話。

我可以過去坐坐嗎？N說。

為什麼？我問。喔好吧。來吧。

我繼續把青菜給炒好。油亮的鮮綠色。豆腐鑲肉的蒸籠也開始散出香味。再加個菜好了。我把蘑菇從冰箱拿出來，用廚房紙巾把上面的泥擦掉。我聽說菇類一洗香味即漂散，十餘顆的蘑菇散落在黑色的鐵鍋上，經油一炒，油花四濺，蘑菇在鐵面上彈跳，好像還沒有死一樣。

我去開門，N即出現在門口，整個人像攜帶著濃霧一樣灰暗。

你還好吧。我問。

N苦笑起來。這麼明顯嗎，他說，在屋裡打著轉。你還沒買魚缸啊？

我隨即把龍蝦連著盆子帶到浴室，想把龍蝦倒進去，又猶豫著水的衝力會傷害它的觸鬚。N從背後看著，伸手把龍蝦拿出來輕輕拋進浴缸。

龍蝦一下子像一袋石頭一樣沉到了水底。過了四、五個呼吸，它才回過神來，從池底彈了起來，在水中輕輕的游泳起來。它像個水母那樣飄著。

我說菜都好了，來吃吧。

N默默的坐下，過一會彈起來，到廚房拿碗筷來。

菜都端到桌上了。N卻說他吃不下。

怎麼了，我只好問。身體不舒服？

N告訴我他感情被欺騙的事。以為對方喜歡他，兩個人相處得很愉快，沒想到都是為了金錢和一些他帶來的方便。昨天發現原來對方早就有交往的對象了。

這樣啊。我說。

N看起來很疲倦的樣子，沉默的夾起一塊豆腐。

這還不錯。他說。肉餡很入味。

我謝謝他。

你怎麼搞的都好像沒有情緒一樣？N突然說。不覺得煩啊，倒楣啊，真討厭為什麼是我嗎？

你以前還不會這樣。他說。情緒都隨著A死掉了嗎？

我默默的吃著飯，沒有回答。

但你知道我很羨慕你嗎？N說。至少你遇到的事情都是真的。值得大哭一場的事情。A死掉啦，嬰兒不見啦，都是真的悲傷的事情。哪像我，被那樣明顯的人騙了。

N的聲音哽咽起來。原來都在我的想像裡面而已。他原來並沒有愛過我。N掩面痛哭了起來。把一雙筷子擲在地上。它們發出篤的一聲，落在原地，沒有造成任何傷害。

房間裡迴蕩著N的哭泣，它們並沒有固定的節奏，有些很疏，有些緊密一些，許多的音節疊在一起，帶著水的聲音。我靜靜聽著那個，一時失去了語言。

我喜歡N，他從很久以前的過去就是個熱心善良的朋友，但是我厭惡情緒，那是最無用的東西，只會讓人淚眼迷濛，陷入自憐的情緒，整個人變得脆弱而易碎。每當人們坐在一起討論著他們的情緒，我的第一個反應就是走開，那種肉麻黏膩的感覺讓我戰慄。我會選擇自己到廁所之類的場所，靜靜的把它處理乾淨。如果非要一種願意展露在外面的情緒，我想會是憤怒。那感覺起來有一種乾和脆的質地，像一車用來鋪馬路的碎石頭曝曬烈日下，散發出乾燥的熱來。我曾經有過那樣招之則來的怒氣，以前和A一起住的時候，也常常會有一觸即發的爭吵，我也會因為憤怒失控，大聲吼叫，破壞家具，甚至掌摑過A。也許N說的沒錯，那些情緒反應隨著A的逝去而不再了。

N漸漸平息了下來，呼吸仍然因為抽泣而顯得短促，但是憤怒明顯已經離開了他。他的臉柔和了下來。取而代之的是疲倦的表情。他茫然四顧好像不知道自己身在何處。

我遞給他一包面紙，他聲音沙啞的說了謝謝，用那個擤了鼻子。情緒帶動了生理反應，在鼻腔和喉嚨製造了大量的黏液。必須把那個去除才可以恢復正常的呼吸。我想。

你要不要去看那種可以宣洩悲傷的醫生？N皺著眉頭問。

好啊，再湊滿桃樂絲和稻草人，就可以出發去奧茲國了。我說。

搞不好這就是斷裂的地方。N說。你抗拒有情緒，所以時空產生了歪斜之類的。

我起身去廚房切蘋果。我喜歡用小刀削蘋果，可以讓皮連續不斷。這是我很得意的技能，有時候我覺得我為了這個而吃蘋果。

你不愛它。

你不愛它，所以它消失。

你不懂得愛。

N說。聲音裡帶著執拗，那讓話裡面的什麼像針一樣的穿出來。我看著它亮晃晃的針尖。我想說這不公平，但那聲音像卡在某處，然後消失了它自己。

我轉身將N拋逐在身後，也許像我有時候對嬰兒做的那樣。我邊走，發現自己思考著照顧嬰兒的感覺。那些不厭其煩的瑣碎，抱著它那種唯恐不及的感覺，也許有人稱之為愛，然而這一切就像圍繞著它終究會消失的想法，夾著濃霧一樣的恐懼。那種徒勞日夜從周遭侵蝕著我，包括這個尋找。而我終究將它交了出去，並非是種種看似合理的推動。事實就是，嬰兒憑空的出現在我的生命，而我不知所措，我終究無能給予它我不認為存在的。

這是如此的明顯，也許我一直在等待的便是嬰兒消失。嬰兒消失，那無時無刻的負重感隨之消失，然後是我不願承認的，那接近清涼一樣的輕鬆感。

本來是我，加上了A，然後是嬰兒。然而，我終究是不能容許我之外的。

如果沒有生下嬰兒，我將如何呢？我的感覺，像一個為了解除口渴而將自己懸吊入井中的人，繩索已盡，而我在井中不前不後，前不著水源，後不著天光。

那口渴欲死的，那尷尬的乾裂，如今留下一些刺傷，一些皮肉的痛楚，我在周遭繞行著。

等到我回到家，才注意到N已經不見了。

不知道他只是回家，還是他也消失了。

一夜過去，沒有做任何夢，連夢的影子都沒有。早上在床上醒來，去廁所看到浴缸裡的龍蝦卻嚇了一跳。睡眠把我們相隔了。我拍了拍水面算打個招呼。

我習慣性的在房間裡散著步，思考著今天要做的事情，要去郵局寄出蠟燭糖包裹，送魚缸的人會來。一步一步來。我想著，好像每過完一天就會離嬰兒更近一些。

我把紙箱裡的糖果數量再點了一次，把包裹黏貼好，換上球鞋，打算跑步到郵局去。

我把鞋帶綁好的時候，覺得只想要靜止下來。我覺得好疲倦，有一種想嘔吐般的疲倦。我用腳跟把鞋脫掉，跑著回到房間。我只能躺下來，這是一種壓過一切的力量，我幾乎被那個直接拖進睡夢中。

●

我做好了心，接著做出肝脾肺腎，袋狀的，長長的，各種形狀，我發覺自己不知不覺的探究嬰兒的體內，揣測著，從空無中捏成形狀。

嬰兒是這樣造成的嗎？從想像遭遇過的物事中，從袋中掏出來組裝，成一個全新，已知的東西。

我用搓成柱狀的脊椎骨，和內臟們組在一起，看起來像結實纍纍的木瓜樹。我用手捏出蝴蝶一樣的骨盆，將卵巢和子宮連接起來。

我對身體的認識，也許是從懷了嬰兒開始。懷孕到了後期，連接軀幹和大腿的地方突然劇痛，走路變成了折磨。去到醫院，醫生扣扣的檢查，給我看骨盆的模型，本來是這樣，因為嬰兒的重量韌帶鬆開，他把骨盆連接的地方拉開，變成了這樣。

你必須要適應嬰兒的體重，改變你走路的重心。我於是依照建議，把重心移到腳的外側。每走一步，就要調整，每一步落下，便移向外側。我感覺到嬰兒在步伐的搖晃顛簸中，也逐漸調整自己的形狀。

是不是在後來的生活和想法中，又忘記了去調整出一個嬰兒的位置，以至於嬰兒感到無處容身，以至於消失了自己？

我對這個想法保持安靜。手上把麵糰擀成皮，用它包裹骨肉和內臟。我有意識的把嬰兒的肚子捏得圓圓的，再組上圓胖的手臂，不同於其他肥胖，嬰兒的胖只會讓人安心。

也許嬰兒不喜歡它所在的地方，所以它逸逃出去，自行揉捏出一個世界。

或者這樣做的是我。

做好的嬰兒要拿去燒掉。在房間的底部，有一個直立的鍋爐，人們起身，輪番將做好的嬰兒丟進去，注視火將它無聲無息的燒去，之後回到座位再重新開始製作嬰兒，全新的，從頭開始。

對面做好嬰兒的年輕女人突然哭泣起來。她的嬰兒那樣靜止於她的對面，而她在哭泣，看起來很奇異，好像情況應該是相反。我注視他們，再回頭注視我的嬰兒。

●

我被電鈴聲叫醒。

意識尚未聚集起來，我疑惑的從床上坐起來了一陣子。然後匆匆跑到門口去。

是N。

他深深鞠躬，請原諒我。他說。

我害怕。N說。我害怕一個人老去，一個人死掉。我害怕死了以後就什麼都沒有的感覺，孤零零的好像沒有來過一樣。

我朋友介紹我一個老師。明天可以陪我去嗎？N說。

於是現在我們並肩坐在老師辦公室外的等待區域放置的鐵椅子上，位在一個舊辦公大樓裡的一間房間。在曲折的走道中彎彎曲曲的走，到其中的一扇大門前，N突然說到了，我們就進來坐著等待，至今已經四十五分鐘。

辦公室的門突然開了，老師的前一個客戶走出來，她的臉上猶帶著淚痕，轉過身體對著裡面的人不斷道謝。老師的助理過來表示我們可以進去了。

N和我前後走進那房間，看到老師坐在桌前。老師是一個削瘦白皙的中年女性，頭髮漆黑挽在頭頂。眼神銳利。

N像看診的病患一樣坐在桌子的對面。我則像陪診的家屬，坐在桌子的隔壁。N羞澀的看我一眼。

老師說，你問感情？

N點頭。

老師說，請把對方的名字和生日寫在紙上。

N寫了三個名字。

老師拿起筆說，這個不好，他命中金太多，於你有害，你要找一個火多的。這個你在前世欠他太多。老師轉向另一個名字。這個人現在和你是什麼關係？

N輕聲說，他是我的瑜伽老師。

那說明了一切。前世你是他的牧童，他則是你的牛，你因為放牧時常鞭打他，在身體上欠他許多債，這輩子必須還他。他是不是常讓你做一些很困難的動作？

是，老師的課一直很有挑戰性。N說。

這就沒錯。你自己的木太多而且受剋，骨骼容易不好，做瑜伽是很好的。不過。老師在N的命盤上圈了幾個數字。你這幾年走的是火運，要小心身體上的難關。尤其是七、八月的時候，要非常注意。

N提緊在手機的記事本裡記下。

你因為前輩子是一個地主，侵占了許多地方上的女性，業障深重，這輩子投胎成為同性戀者來還債。在感情路上也比較辛苦，正緣很晚才會出現。平常記得要多唸心經，最好每天晚上抄寫三次。

請等一下。我說。

老師說，你有問題嗎？

是的。我說。你到底在說什麼？
老師莫名其妙的看著我，然後問N。她和你什麼關係？
她是我的朋友。你先出去等。N對我說。
這全是胡說八道。我站起來說。我在外面等你。
老師當場表示她拒絕再幫N算命。我和N一起走出了大門。

我們安靜的在路上走了一會。
N說，你怎麼能這樣？
她只是在蒙蔽你。她說的絕對不是真的。我說。
這個應該由我自己判斷不是嗎？N說。
我沉默下來。
抱歉。過了一會我說。
N依舊沉默著。然後說。
我知道這聽起來很傻。但很多時候我只是需要一個解釋。當我知道了之後，我會覺得好多了。

我很抱歉。

沒關係。這真的很蠢。最近很多事情都蠢透了。

我同意。

N說去吃點東西。

我跟著N在巷子裡穿行，他轉身走進了一條窄巷，在擺放的盆栽和摩托車裡顛簸的走，然後在一個看起來像廚房後門的咖啡色鐵門上敲了敲。

門咿呀開了。N很熟悉的走過侷促的走廊，進入一個安靜的房間，裡面是一個完整的木製吧台，木頭厚實。上面有天窗，窗的四周種滿蕨類，充滿綠意。吧台後面一位師傅正低頭準備。N和他打個招呼，說我們要兩份主廚推薦。師傅極為安靜，只說最起碼的事情。像這是醃蘿蔔，或金目鯛，或北海道的赤海膽。把做好的握壽司咚咚的放在我們面前各一個即回到手上的工作。每個壽司均是新鮮海鮮的濃縮，放在嘴裡即擴散開成海洋。

天下起大雨來。一顆顆打在那天窗上。聲音形成一道屏幕，我和N於是放棄交談，暫且各自想著自己的事。

我想到今天好像還沒有做到任何正事，微微著急起來。但也沒有任何正式列好的清單等著我去做。我暫時停在現狀裡，N則點了大量的清酒。

N選了師傅列出的一盤杯子裡最大的靛藍色陶杯，像個壞掉的唱片一樣重複的說，我真的很羨慕你。

我突然明白起來，我身處的是N所看出去的世界。這個精緻，潮濕又寂寞的地方。我於是也選了杯子喝了起來。是一個透明的，內燒有氣泡的霧面玻璃杯。我捏著那個，喝了又喝。

等到我回到家已經是半夜了。我對著馬桶像傾倒一樣，把胃裡的東西倒出來，然後就那樣爬到床上。

我起床已經近中午了，頭腦鈍痛，好像泡水過多的海綿，這一天和那一天交疊在一起，難以分別出界線。然而這一邊的這一天已經隆隆的起動。我必須加入它。

我再一次的起床，穿好衣服，穿上球鞋，拿起包裹往郵局的方向跑去。路上的景象隨著跑的速度而變幻著。我上下顛簸著，一方面向前進，樹木和行人們成為一些微微晃動的圓柱體，商店像在水面上航行的船，載著一些黑影般的顧客，呈波浪狀消失在我的背後。我的頭像一顆雪球，跳動一下裡面的沉積物就被搖動得滿球都是，然而頭裡的水分正慢慢蒸發，還沒有到郵局頭痛已經好多了。我開始用比較慢的速度行走。頭恢復了正常，於是世界持續運轉著。

郵局的員工是個三十歲左右的女性，她拿過包裹，問這是什麼。

糖果。

什麼樣的糖果？

蠟燭糖。

要寄到哪裡？

我指上面的地址給她看。洛杉磯。

為什麼？

我和她解釋這一切的運作。我從網路上批來倒閉的糖果工廠所剩的蠟蠟糖，奇怪的是世界各地都有這種地方，之後將糖果包裝好，在網路上找到零售的買家，世界各地也都有這樣的人，我把他們想要的比市價稍微便宜的糖果寄給他們，賺取其中的價差。

她為之愕然。

我解釋進出口貿易基本上就是這樣，這個雖然基本，但收益還可以。

多少？她問。

我過去幾個月的生活費的三分之二左右。

她開始沉默不語。但某種漩渦似乎在她的頭腦中開始轉動起來。我幾乎可以感受到那引力。在我走出郵局之前她的世界已經完成了一次更新。

我跑步回家，到了公寓門口看到一個男人抱著正方形的紙箱，正查看著門牌。

是送魚缸的嗎？我問。

他問了我的名字，便跟隨著我登登的爬上樓梯。我付了錢，把紙箱搬進了家裡。

四方形的透明立方體，如今盛了珊瑚砂，裡面是長著螯的龍蝦，水很淺，所以龍蝦可以不時的探出水面呼吸氧氣。我看著它，它是從無中生出來的，我確認過這件事情，但這一天是如此的長，像一個一段接著一段的長廊。我讓自己把目光收回來只看著我的腳，我數著呼吸，我不得不覺得這一切變得難以忍受。

如果就像那博士說的，這一切都是我的頭腦所建構出來的，就算是這樣，就算找回了嬰兒，我仍被困在這裡。

這個想法如同水母般把我包住，我看著那個在周遭飄浮著，但是我無力掙脫出來。而它正收緊收緊。我坐在那裡在身體裡發軟，從骨頭裡覺得空，不去用力，就讓那流把我沖刷著。

我感覺到餓。

我從冰箱裡拿出冷飯和蛋，和蔥，想要做一個蛋炒飯，我要用昨天炸過肉餡的油來炒，這樣會很香。從今天早上起來就有種吃炒飯的念頭，像一件事情被註記在腦裡。

我把蔥排列整齊，切一刀，再切一刀。什麼東西在我的腦裡猛地晃動了一下。那個便利店裡的女孩。她哭泣的樣子。

她就是那個製作嬰兒後哭泣的女孩。我放下菜刀和蔥，匆匆的出門，在巷口叫了一輛計程車。

計程車司機在路上聽著佛經，並隨那個唱著，像蜜蜂那樣的嗡嗡平緩的聲音。祝你平安，找錢的時候他說。

便利商店的門開，發出叮咚的聲音。我在櫃台沒有看到女孩，才想起我有她的電話。我打電話過去卻沒有人接，我留了言說有重要的事，如果可以想當面確認一下，約在她工作的便利商店外面。

訊息已經傳遞出去，航向不知名的時空，我站在便利商店裡面，是下午三點鐘，人並不多，散發著冷氣和微波爐的氣味。因為要等待，我在店裡面走來走去，看著各項產品，各式各樣的飲料，餅乾糖果，下酒的零食，面膜，防曬劑，口罩和刮鬍刀，熱狗在鐵棒上滾動著，蛋在深咖啡色的汁液裡濃濃的煮著，簡直就像一個膠囊，要是發生了浩劫，一個人可以靠著這些物品完全活下去。或者不需要災難的考驗，在漂浮在水裡般的平日生活中，就已經在倚靠著它們了。

電話震動起來。一個女聲傳來，你好，我已經在路上了，我們約在大樓前面好嗎？被店裡的人看到不太方便。

我走到那個大樓前面，坐在柱子的後面。

遠遠的那女孩走了過來，步伐因為急促，看起來簡直就像生著氣一樣。

您好，有新的消息嗎？她問我。

你也有做製造嬰兒的夢嗎？我看著她的臉，直接的問。

女孩看了我一下子。有的時候。但是不多。你也在那裡，不是嗎？

我回到家已經傍晚了，幾乎像沒有離開過那樣著手回到切蔥的動作，我快速的把它切好之後，把三個蛋敲開打散，油已經在鍋子裡面凝結，我重新把火打開，把蛋液倒進去，正把飯倒進去，對講機就響起。

是我，可以上來嗎？N說。

我開門然後回到爐前把飯炒好，盛在盤子裡放在桌子。

是蛋炒飯嗎？他說。真懷念。

我再拿了一個碗給他，他坐下就吃，一下就吃完了。
我沒有做別的菜。我說。
出去吃吧，N說。去以前的那家店。

他指的是以前在翻譯社常去吃宵夜的店。N開車速度和吃飯一樣快速，十分鐘就到了這個五年都沒走進過的地方。門口坐在收銀台後面聲音嘶啞的老闆娘不在。菜單還是一樣，熱炒，炒飯炒麵，啤酒。
三杯中卷，九層塔炒蛋。N說。啤酒。
沙茶牛肉，蛋炒飯。我說。
蛋炒飯倒是最快來的。很油，香味撲鼻。我舀了一碗，蛋細細的，飯粒粒分明，蔥沒有炒過，綠油油的撒落在飯上面。和我的完全不一樣。同樣的材料，因為步驟和手法，成為完全不一樣的成品。

我和N提了今天和女孩見面的事。

有進展嗎？他說。

沒什麼。我說。只是我們做同樣的夢。我沒有說出口。那女孩說，晚上她睡著，進入夢境，在嬰兒工廠工作，她看到了我，也在那裡製作著嬰兒，

就這樣，沒有多餘的資訊。

N的手上拿著小玻璃酒杯，上面印著啤酒商標。碗盤是免洗的，桌上鋪著塑膠布。周圍都是一些剛下班的上班族，抱怨老闆，工作或人生。就像幾年前的我。時間過去，我以為我累積了經驗，從原本的我蛻變成某種程度的升級。結果是我還是一點都沒有弄懂，連不懂什麼都沒有弄懂。我講述著我的夢，連自己都聽得出聲音中的黯啞。我覺得很丟臉。

嘿，你那時候到底為什麼生下嬰兒呢？N問。

我為什麼生下嬰兒呢？在A已經決定回家，他已經剩下不多的生命，嬰兒

會注定沒有父親，而我可以給予的顯然是有限的狀況下，為什麼我會仍認為自己可以生下嬰兒呢？這是你的問題。

我不知道。給予生命是恐怖的，值得畏懼的，所幸是我沒有立場去思考。在我更年輕的時候，曾以為思考可以讓人生更清晰，在每一步之前我會謹慎的思考所有的可能性，這一步和下一步中間像齒輪一樣緊緊相扣，我不能貿然的決定。因此我做了這個決定背後的原因是什麼呢？官方答案是嬰兒可以開拓我的生命，不以我的立場為出發點來說的話，新的生命可以賦予世界生機。

但在我冷靜的表相下，也許我想證明一些事情。也許我想證明我可以生育嬰兒，而A的妻子不行。也許我想留下一些什麼，A走了以後我可以紀念。也許就因為這樣，嬰兒因為不正確的理由被生下來，而它現在消失了，因為我聽說世界發生了斷裂但就算是這樣我也怪不了別人不是嗎，因為這全是我的錯。

我用手掩蓋住眼睛，好像那可以堵住眼淚的奔流，但那不行。淚水成河，我聽過那形容，但它現在漫流在我的臉上和手上。我從胸口發出深深的，深深的悲泣，不光為嬰兒，為了我自己，為了死去的A，為了我傷害過的A的妻子，為了N，為了乏味的生存在魚缸裡的龍蝦，為了所有身不由己的人們。

我止不住哭泣，而N從對面坐到我的旁邊來。他拍著我的肩膀，噓，噓，他說，你一定不可以放棄，不可以放棄。

我們還不能下定論，不是嗎？A的死不是你的錯，嬰兒的出生也不是你的錯。

但我已經不知道要怎麼找了，我說。

也許已經不在這裡了。N說，世上尚未發生過任何總結性的事情，也無人說過針對世界或關於世界的最終總結。這世界是開放而自由的，所有一切仍有待未來，而且永遠如此。

我今天譯的。N說。

我們坐進了車子，沒有經過討論，就知道N是要往博士的地方開去。月光非常皎潔，冷靜地掛在天上，照亮了旁邊的一圈雲。只見到車燈所及的地方，其他全是漆黑的。

N打開廣播企圖拉進一些人聲，但伴隨嚴重的雜訊，只顯得特別虛幻，只能關上。他開始唱起歌來，過一會我也加入他，Moon River，以前在翻譯公司加班時A會唱起來。

兩個流浪的人，出發看這世界，
這世界是多麼的廣大，
我們追逐同樣彩虹的尾端，在虹彎處等待。
我的知心好友，月河，與我。

我們反覆的唱，然後歌聲戛然而止，因為車子已經停了下來，在博士的公寓前面，而本來是博士公寓的地方，是一片青色的田，沒有過房子的蹤跡，綠草在月光底下反著光。

回到家已是深夜，而我被隔絕在夢的外面，卻不知道怎麼樣進去到睡眠裡。我到客廳的沙發坐著，沒有開燈，但月亮在城市裡是那麼明亮，照進了窗裡，在地上形成一道湖水般的銀色。

歌，我想著與N一起的歌唱。然後我打開廣播，深夜節目的主持人用說悄悄話的聲調說話，好像怕吵醒沉睡的人一樣，接下來是加拿大民謠歌手Leonard Cohen帶來的Anthem，他說。那奇怪的召喚般的聲音唱了起來。

鳥鳴在破曉時發生。
再重新開始吧，
我聽到他們說。
別停留在已經逝去的事情上，
或那些還未發生的。
敲響仍可以響的鐘。
萬物皆有裂縫，那是光照進來的地方。

我們找尋著徵兆，
但徵兆到處皆是。
那出生即被背叛的，
那虛度的婚姻，
那守寡的人。
徵兆到處可見。

他前後唱了兩次，歌曲結束。

我坐在椅子的邊緣，沒有移動，直到右大腿麻痹，放射出一種如同腿內部被沙粒灌滿的奇怪感覺。我站起來甩了甩腳，直到血液在管子裡恢復流動。

我正想著一件我沒有想過的事情，但這必須要等到天亮後合理的時間才能進行。現在我沒有別的選擇，最好去睡覺，用睡眠度過這段時間，同時獲得生理上的休息。我看著魚缸裡的龍蝦，它用一隻手臂搭著玻璃壁，好像在經歷著睡眠。不知道龍蝦會不會做夢，我想。如果龍蝦是我思想的產物，那麼龍蝦的思想可以算是我的一部分嗎？還是龍蝦僅是經由我的頭腦做為管道而被製造出來，之後它便獨立的生存下來，就像嬰兒一樣，脫離了我的身體，在宇宙的某處兀自運作著。我想著這個，突然驚覺不應該再隨意思考製造出更多的想法，它們會像泡泡那樣堆積在一起，然後漂散開來，占用空間。我趁隙鑽入睡眠。

●

我正坐在桌前做著嬰兒。製作嬰兒最美妙的地方，在於我好像永遠在做第一個嬰兒，沒有兩個嬰兒是相同的，它們每一個是不同種類，越是去做，越是感覺到這個和那個相差如此之遠，簡直像不同種類的生物。製作的時候我已經超乎了專注，好像我已經化為嬰兒本身，那把刀，那隻手，我失去了邊界，忘卻了我還有一個身體，溢得到處都是，無處不是我。一方面的我卻又感覺到我身體的無窮變化，皮膚細胞的老去和再生，指甲悄悄的生長〇·〇〇〇一厘米，血液的流動，和心臟的壓縮。我一面做著一面感受著這一切，一秒簡直像永恆。我就停頓在此刻。

這個工廠的人都凝結在同樣的專注中，時間像是停了，或不存在了。我就像在針尖上的極小極小的一個點，又像充塞著全宇宙那樣龐大無比。語言失去了意義。我站起來拿著嬰兒走到鍋爐前，看著那燃燒，我便同時化為那火焰和嬰兒，我正燃燒和被燃燒中，連我的觀念都不在了，世界變成平的，像有一億個螢幕正同時播放著那燃燒，而每一個螢幕都進入我腦海，我看得清清楚楚，像目睹一朵花的綻放。

我忘記其他所有的一切。

●

天已經亮了，鳥叫聲在空氣中響著。我在床上醒來，知道自己要去哪裡做什麼。我要去的地方就在附近，用步行就可以到達，我走了一段人行道，過了馬路，再轉進了巷子，在一扇紅色的門之外，我可以從外面看到植物茂密扶疏，聽到門裡有人走路澆花的聲音。我按了電鈴，靜默等候。

門開了，我深深鞠躬。

好久不見了，我說。

A的妻子靜靜的看著我。

她望著我，我感覺不到她裡面的情緒，只能看到外在的變化。

A的妻子曾經是一位著名的美人。我在出版社看過一次，確實是難得的風景，像在黑白片裡看到了彩色那樣讓人動容，黑髮及腰，像水一樣蕩漾，整個人像是白玉雕刻的，閃耀著光澤。穿著一套墨綠色的衣裙，如同蓮花盛開在蓮葉之上。社裡的人都停下了工作，連一向注重隱私的A都不禁露出得意的神情。後來她為了懷孕，開始打針，引起了嚴重的水腫和內分泌失調，在經過好幾次懷孕失敗後，容貌已經大變。

如今她的頭髮剪得短短的在耳邊，身體消瘦，像個老婦人一樣穿著布的長袍。臉經歷了許多變化後，變得乾枯。臉上帶著有一種說不上是愉快還是不愉快，好像久在黑暗裡不習慣見到光的表情。

請進，她說。

我於是進了他們的家。前面是一塊小的草坪，旁邊種著幾盆九重葛，長滿像晚霞顏色的花朵。我跟隨進入了家裡，屋裡很樸素，藤編的椅子兩張相對放著，前面一張木桌就是客廳所有的家具。她消失在房間的另一端好一陣子，過了一會我只好坐下等待，過了一會又站了起來。我環顧四周，沒有A的照片，沒有像骨灰罈的東西。過去的我曾想過進來這裡幾百次，如今我在這裡了，卻無能去想任何事。

你都好嗎？她端茶給我，然後坐下在我的對面看著我，用那在空洞裡一樣的黑眼睛。

當時真的很抱歉。她突然說。

我立刻站了起來，出於一種說不出的心情我緊握著她的手，茶都弄灑了。

你還這麼年輕，她輕輕的說。望向我背後的草地。

嬰兒不見了。我簡短的說。

她露出看到刺目陽光的表情看著我良久，然後開口說話。

我想過這件事。我有過這個念頭。

「我在夜裡做夢，夢裡的人都製作著嬰兒，但我的嬰兒也不在那裡。」我想說。但按捺下來。

嬰兒恐怕在別的地方。我很抱歉。她說。後來我放棄了這個念頭，已經很久沒有去想這件事了。

謝謝你告訴我。我說。

好像就是這樣了，再也沒有別的事情好記掛的。

然而A的妻子又開口。

你沒有目睹他的死。我沒有通知任何其他人，當然也不會通知你。我在想，要是你們曾經好過，你一定會透過某種方式知道。

那天，我們在家裡，他早已放棄了治療在家裡，之前會出來院子走走，到後來連房門都不出，整日的昏睡。我在家有做不完的事，不去管他，他就那樣睡著。我們很少說話。

那天他倒是起來了。一早就到庭院裡坐著，我以為他在等人。

他就那樣坐著，有時候往一個方向眺望著。我猜到那是你住的方向。那時候我很氣。他已經很累了，幾乎是半昏的，他頭勉強的撐著，往那個地方看。我於是看著，也不幫他，那真的像火一樣，變得越來越微弱，不伸手護著，一點風就吹熄了。

我沒有伸手。

直到他睡了過去。我才打電話。還沒到醫院，他死了。沒有說一句話。

他和我這一生，算是扯平了。希望以後再也不要相遇。

她送我出去時我們經過了庭院。

A就撒在這片草地上。她說。好像在說一件最普通的事情。希望你能找到嬰兒。

我走在巷口，忽然想起什麼，又再走回那紅門前，摸摸那木門，是堅固真實的，已經沒有任何聲音從裡面傳來，只聽到在空氣中遠處的關門聲，公車聲，樹葉被吹動，狗吠聲，在最底層還有一種無處不在的聲音。一種低沉的嗡嗡聲。

我走在路上，突然感到飢餓，在來的路上看到有麵包店就進去買了麵包和牛奶。麵包的中心有一團紅豆餡，我咬了幾口，看到那深紅的餡向外裂了一個開口，通往餡的中心。我用牛奶把甜膩的餡沖下喉嚨。

去到那更深層的地方。我想著。萬物皆有裂縫。

我走著路，回到家門口，看到N已經在那裡。

怎麼了。我說。這麼早。

那個便利商店的女孩打電話給我，你沒有接。N說。她的嬰兒回來了。

在哪？

早上起來，就那樣在屋子裡發現，活生生的，沒有解釋，就這樣。

我皺著眉頭想這件事情。

在屋子裡發現？我問。

說是光溜溜的，像剛出生一樣。不過很健康，身上也沒有受傷的痕跡。

我們沉默的走到樓上去。

N在屋裡走來走去。

你這幾天好嗎？我問。

還可以。

交友都還順利？

怎麼了？

我想換個方式想這個事情。我說。也許我在我裡面太久了，我再也看不清楚。

也對。都沒有什麼進展啊。N去看看龍蝦，拍拍玻璃。龍蝦從沙裡一動。

N說有件事請我幫忙，拿給我一份稿子讓我譯。沒有時間上的壓力。他說。我明白他在幫我的忙。

我想了一下，和N說了早上的事。N的眼睛閃爍著奇怪的光。

A病了之後，有時候我會去他家看他。N說。有時候唸書給他聽，有時候只是坐著。他變得不說話。他也不問你，只是靜靜的坐著。接受他太太安排的一切事情。他的太太確實很忙碌，在廚房做菜，出門買菜，打掃，餵他吃飯，處理一切。但帶著有一股說不出的恨意。

我感覺她不希望我去，但我也不理會。有一天我去，她說A太弱了，從此不能見客，我就離開了，我走到門口，聽到聲音，A從房間裡出來，不知道費了多少力自己把衣服穿整齊，勉強走了出來，他站在那裡目送我走。那是我最後一次看到他。

你害怕死嗎？N問。

因為不知道是什麼，所以遇到也不知道要害怕。我說。

N走了以後我著手進行翻譯的事情。是一個科普類的稿子，我大約翻閱了一下，講的是時間的物理上和哲學上的含意。引言是一段費曼博士的話。

我思考了一下，把它大致譯出來在紙上：

「一旦你曾遇過真理的單純之美，就能一眼將它認出，一旦你走在正確的道路上，一切都會水到渠成，因為事情的根會越發清晰。沒有經驗的人或妄想狂只能作簡單的猜測，而你能一眼看穿他們都錯了。真理通常會比人們想的更為單純。」

我想著再如何將它譯順一些，同時回想我是否曾遇過真理的單純之美。

是和嬰兒一起的時候嗎？我聽過一個說法是，和嬰兒在一起可以誘發出最純粹的情感。很遺憾的對我來說並不是。我和嬰兒在一起的時候，是種很感官的經驗。這麼說很奇怪，但是嬰兒滑嫩的皮膚和氣味，它的排泄物和口水，吐出的食物和牛奶，確實是連結到身體的。與嬰兒的相處緊湊而不可預期，沒有時間去想任何事。而人類這種生物的感覺似乎是需要時空發酵的。往往在嬰兒熟睡或遠離時，我才能體會到對它的情感。

或是像A也是。直到他遠離。A的影像在我腦裡放映，直到沉睡。

●

我醒來就已經在工廠工作了。似乎是在工作的後段，肩膀和腰間的肌肉都很緊繃，手指也感到痠痛。但做嬰兒的熱愛像磁鐵一樣吸住我，我沒有辦法停下來。

直到天色全暗，無法再繼續，我才跟著所有人魚貫走出工廠，我從未想過房間外的景致。是一片枝葉茂密的樹林，我們繞過了樹林，到了一棟方正的建築物裡，進去了各自的房間。

●

再一次的我從夢中醒來，不知道自己是誰，或在哪裡。我張開手看著手指的開闔，一陣子之後才終於喘過氣，呼吸順暢起來。窗外流竄著薄薄的霧。但工廠頂的燈光是亮的。

我把衣服穿好，由於寒冷，把兩件毛衣都穿著，一種必須移動的意念驅使著我。我靜悄悄的到樓下，整個屋子皆是黯黑的，籠罩在睡眠的氣息裡。

我被撲面而來的寒冷空氣弄得完全清醒，樹林尖端在月光下閃著銀色的光，底下漆黑一片。遠方有一些燈光，離這裡有一段路，似乎是一個不大的鎮。

也許我應該去看看。我突然生起這樣的念頭。月色下的樹林散發出煙霧，顯得冰冷而蒼涼。但穿過森林不知道是什麼，我想去看看。我望著那個，腳步逐漸往前移，在門口張望了一下，是不是還是回去比較好？終於那個想法隨著步伐，消逝在我的背後，我隨著冰冷的空氣和鼻尖，往樹林前進。

樹林裡幽暗而朦朧，倒也不是全然無光的，比清晨或黃昏暗了一層的程度。充滿了各種植物和露水的氣味，安靜得奇怪。踩著的地面充滿了各種觸感，軟的，脆的，喀擦一聲的。我儘量減少彎曲，小心保持直線的往前走。我踩著的地突然高起然後降下，我隨著那重重摔倒在地。地面幸好是柔軟的，撐住的手掌濕冷的，感覺有些擦傷。我依舊試著筆直往前走，實際上我知道方向已經錯亂。地上變得有些泥濘，接著越來越深，需要走得很費力，我走了好一陣子，只希望快走到硬的地上。

為什麼總是這麼討厭呢？我突然惱怒的想。為什麼因為美而接近一個事物，之後這個美便消失無蹤，剩下的僅有它粗礫的表面和繁瑣的過程呢？我邊賣力走著，到後來簡直是怒不可遏。

這是一個騙局，就像所有的事一樣。苦樂是參半的，人們總是說。但事實是因為已經付出代價，總得從其中找到類似教訓的東西。我下次就知道了，你會這樣告訴自己。結果是下次事情換了一個包裝，再度蒙蔽了你，你再次愚蠢的投入，反覆又反覆，直到死去。這才是真相。這才是我們共同的命運。什麼夢想，什麼愛和光或美好，只存在在腦中，引著人像驢子一樣兜著圈子直到力竭而死。

都是騙人的，騙人的把戲！我拿起樹枝擊打這泥漿，樹枝斷折我就再拿一根，又再斷折後我索性投入那泥濘之中，用手臂攪著，我痛恨著這一切。我不要再受騙，我想著，一面努力的弄著，我會勝利，我會戰鬥到它先死去為止。

泥漿弄得我渾身濕透而冰冷，我突然意識到自己的處境，掙扎著站起來，我在做什麼，我模糊的想不出來。必須要先出去，到溫暖的地方才行。我想著這個身體卻動彈不得。我勉強的走了幾步，腳因為寒冷而劇痛，我爬到一棵樹下把充滿泥巴的鞋子脫了，用手掌用力摩擦腳。似乎沒有用。腳像死魚一樣冰冷而僵硬。

在這惡意的寒冷裡，我緊縮著，全身像被毆打一樣的疼痛難當，我用手臂抱著自己，肚子中央像有一個硬結的痛點，我抵抗著，但它逐漸擴及全身，在極度的痛裡，我奇異的感覺到一絲睡意。它滲漏進來包圍了我。我靠著樹覺得不想動。我閉上眼睛，黑暗和冰冷即遠離，我張開那則在眼前，我厭惡的把眼睛閉上。不會再受那個引誘，我閉著眼睛想，猶有些微怒氣，我背對著它，感覺到睡眠即將降臨，它像黑幕那麼甜美，暖洋洋的把我蓋住。我沉浸在那裡面，眼前是黑暗，也是光芒。到後來則是全然的光。我被那個完全的籠罩。

不知道該怎麼形容接下來的發生。它並不是一個動態的進行中的事情，而是一個既存的狀態。

我醒來卻發現自己充溢得到處都是，無處不在，好像我是一條細小的河流，幾經跋涉後已注入了母親的海。因此我拌入了母親之中被充滿著。

我感到飽滿而狂喜，而言語已經離那個太遙遠。語言不存在，就像形體不存在。我無邊無際。

這樣的狀態持續了一陣，然後像潮汐，衰退再衰退，緩緩的隱去，剩下我原來微小的形體，在那無窮之中。

我感到可悲又可笑，像是被欺瞞了一生而才領悟到幕後的主腦是自己。我躺在原地，等待著。

然後A來了。

他的樣子，就和沒有離開的時候一樣。高個子，頭髮花白蓬亂，穿著藍格子襯衫，臉上帶著那個覺得一切都很荒謬的笑。

你來了。他說。

你有很多問題要問我，我卻沒有答案給你。那些事情，自己由自己化身出來，像氣泡一樣源源不斷，形狀不同，本質卻是相同。又何必花時間去探討。

嬰兒的事情，你想知道。你在的那個世界，有它運行的法則，是許多事情累積下來的，在那個世界沒有辦法逃離那法則，任由那個沖刷，任由它的發生。

不要用這種居高臨下的態度說話。我說。雖然渺小，我們也有我們的尊嚴。人類造了許多的惡，但人間也有美好的事，像行善，像母親對孩子的愛。

是嗎？A譏諷的笑。

人間的事，跳脫不出人間的範圍。人做任何事情，都是為了自己。行善，因此對自己的感受更良好，更確定自己的存在。去幫助一個注定會死亡的人的意義到底是什麼？就像對一株已經枯死的植物澆水一樣，既可悲又浪費。

人唯一可以行的善，便是從這一切的荒謬中醒過來，從這生生世世的夢中覺醒，看出這荒謬，不再重複自己。其餘全是相同。善與惡，不存在，而且不重要。

你在的人間，每天每個人都在做各式各樣的努力，沒有一件事是絕對重要的。就像孩子在沙灘上堆沙堡，各式各樣，你不會太在意美醜，浪沖走也不會為它哭泣。

你說的事情我隨便看一本時下的書就知道了。困難的是日常生活，你了解嗎？可以用你那飄渺的頭腦去想一想嗎？我忿忿的說。誰不想快樂的飄來飄去，遇到事情都笑著說不用在意全都是假的。雖然材質是用會腐爛的肉做的，但是痛苦是真實存在，難受是真實存在。試著想想你病到末期的痛苦，只因為不再需要面對，你才可以說得輕鬆。

你說的對。A說。

對已經身在痛苦中的人，說什麼你的痛苦都是假的，確實很殘酷。殘酷並且沒有同理心。人間充滿各種痛苦，失去孩子的痛苦，早上起床腳踢到床角的痛苦。被誤解和傷害的痛苦。

戀人離開的痛苦。我加上。

戀人離開的痛苦。總之，各式各樣的痛苦，簡直就是痛苦的目錄大全。說這些不存在，實在太不敏感了，我應該向你道歉，向所有受苦中的人道歉。

現在感覺好一點嗎？被承認並且被包容的感覺？好像終於有人懂的感覺？

我點頭。

那也會很快逝去，之後又是被誤解的感覺，然後等待著被道歉和被承認，一再重複，永無寧日。從這一世到下一世。

你只能算了，只能放棄對別人的期待。只能讓那些你覺得不合格的事情進來。與其懸著心一直等待別人，或自己想通，不如放棄。與其用一個人當作單位，不如把那界線消泯。與其緊縮的抵抗那寒冷，不如讓它進來，讓自己冷透。

我想了一下。

你說的這些我都同意。但是活到現在我也有我的一些人生體會。當然人生是開放的，各式各樣，無以名狀的，我相信就連你也會同意。但你們說的那些，跟隨你的心，我從來不能體會。心是什麼？宇宙的真理是愛，愛又是什麼？用我這個人間的頭腦去感受，我反而覺得隨著時間過去，我的心被磨損，愛也消逝了，剩下的只有瑣碎，不得不去活的，無聊透頂的痛苦。

就算經過這麼多事，你的死也好，嬰兒消失也好，我還是一醒來便回到那個舊的我，那個我實在逃避不掉，造成這一切的舊的我。你能不能告訴我，要怎麼樣才可以有一個魔術般的改變，超越一切的最高魔法，讓我可以沒有這些討厭的感覺，永遠在至樂裡，在人世間能夠舒舒服服，像剛才我感受到的那樣？

A說，你很善於表達。然而討論不會帶給你真實，靜坐不會，瑜伽和各種新世紀療法不會。你在橋上走，走不進海裡的。

自由與愛，不是人類可談論的議題。你不斷被自己設計出的幻覺和語言所困，何來自由可言？

你真的想要的是舒服嗎？你認為你真的了解這個你建構出來的自己，但你以為的至樂可能是幻覺。你一直在找尋的也許才是裂縫的所在。

你已經到了。你從來不是一條必須向前激流的河，想要奔向大海，你是一個靜靜存在的湖泊，從來是和大海相連的。

讓我想想你說的。我站了起來。我有個感覺我要走了。A，謝謝我與你曾經歷的一切，痛苦和快樂，還有你留給我的嬰兒。

醒來的感覺比死還要痛苦。我的手腳都像刀割過一樣疼痛。喉嚨嗆咳著，簡直要把內臟咳出來。有人拍著我的背，遞了一杯熱水給我。我喝了一口，抹去因為咳嗽流的眼淚，看清楚眼前的是N以及外送的女人。我正身處於第一次來的小屋中，橫躺在沙發上。

女人撫著我的額頭。你不要擔心任何事情。我們沒有任何阻止你們四處探索的規定，雖然沒有人這樣做。他們往往太過於投入工作。我明白你所經歷過的所有事情，但你要相信這一切是有必要的。現在你只要休息。你的工作會暫停幾天。

我想說話但喉嚨發不出聲音，於是虛弱的閉上眼睛。

女人表示我可以休息到完全康復。然後轉身離開了房間。

我必須離開這裡。

我勉力站起來，我回到工廠去。

我穿越了樹林，它已經失去了昨夜的惡意，變得單純而且無害。我們走進了工廠。

每個人都埋首在自己手上的嬰兒裡，沒有人左右看看，也沒有人刻成別的東西。或有任何疑問。

我坐在桌前試著安靜的去製造，但心緒不寧，以往的那種讓我服用了鎮定劑一樣的平靜已然失去了它的作用。我看到四處充滿了布景的虛假感覺，像電影的看板那樣粗陋，我開始捏塑形狀手中的木頭，花了之前數倍的時間仍然沒有基本的雛形，一點都不像嬰兒，連接近都稱不上，一個形狀有點近似嬰兒的仿冒品。一旦我看出了這個，便再也壓抑不下心中湧起的荒謬之感。我停下手上的工作，放下了刀具，看到旁人投入得那樣認真，直想發笑，好像我從沒遇過這麼可笑的事情。我抑制著這從腳底竄起的笑意，像發癢的電流一樣隨著那直上身軀，湧上喉嚨，我像機械一樣發出了一串哈哈大笑。那笑聲在工廠裡迴盪著，然而沒有人反應，沒有人停下或回頭看。只有此起彼落的工具聲音，走向鍋爐的腳步聲，鍋爐裡的木頭燃燒，細小的爆裂聲響。

我眼前的世界這時發生了一個決定性的瞬間，在沒人注意到的時候，它閃爍了一下下。大約持續了十分之一秒，像一個電訊短路或接觸不良的網路那樣，我的眼睛沒有忽略掉那個。這個發生磨蝕盡了我所有的耐性。我沒有回到座位上而是在座位間亂走奔跑，然後我膽子大起來，從背後推擠一些努力工作中的人，踢了他們的桌椅，奪走他們的刀。他們沒有任何形式的反抗，只是執意要將工作完成。

我跑到最前面的鍋爐前，面對著所有排隊的人和桌子大喊。

停止工作！你們都被蒙蔽了，這樣是沒有意義的！

然而他們仍像耳聾一樣沒有聽見，只是持續著他們的動作。

停下來！這是騙局！我上下揮舞著雙手大喊。

一切都像往海裡丟擲葉子一樣無用。我看到在鍋爐旁有一個之前未曾注意到的門。像通往某個辦公室。我於是走去試著轉動那門把，門是鎖著。但這時候女人與兩個穿著和我們同樣制服的男性迅速的從工廠的入口處出現，一左一右的把我架走。

我被帶往工廠另一端，之前沒有走進過的管理室部門的辦公室。我被安置在一張椅子上。女人用憐憫的眼神看著我。

我不明白你的動機，但我相信這和昨晚的經歷有關。你受到了很大的驚嚇。

我回視著她，她那張慈祥的圓臉失去了安撫的表情，眼睛空洞，像被別針別在臉上一樣。

我已經知道了。我說。

知道什麼？

這背後的事情。我說。我已經清醒過來了。

這裡的設計完全是為了你們心情的平靜。女人語調柔和的說。照我們的觀點來看，這裡的人全都是醒覺的，自主的選擇待在這裡工作，原因是什麼？他們終於得到了不需要掙扎的快樂。停泊的快樂。你卻在這時候選擇沉睡了，茫然不知這是你一直想要的。

我不要這種封鎖在膠囊裡的藥物般的快樂。我要真實的活著。我要看著那世間的定律輾過我的身上，然後我明白不過就是如此。我要保持清醒。

女人平靜的聽著。我明白了。那麼你的嬰兒你還想要嗎？

我的胸口如同遭到撞擊。我當然想要。我說。我當然想要嬰兒。把它還給我。

你當時把嬰兒寄放時，我們感覺你不是真的想要嬰兒。這樣說吧，你想要嬰兒的某些特質，但你不想要全部的它，那些你控制範圍之外的部分你恐怕有點嫌麻煩吧。那女人說。

所以我們把它運送來這裡，感覺到你的抵抗，一直沒有貿然的把它拿出來，而是藏在更深的地方。你可以休息一天，之後回到工廠投入工作。工作對你的好處很大，你會平靜下來，無用的思想會被過濾掉。

我看著女人，心裡知道了這是個無法溝通和理解的情勢。

你是有選擇的，女人說。你可以回宿舍休息，或到處走走一天，讓心緒平息。

爭辯是沒有用的，我體認到這一點。我轉身走出了門，走出了工廠，走下堅硬的石階，腳踏在柔軟的泥土地上。我再一次走進了森林裡。

森林此刻是警醒的，我聽到那些人們頭腦裡的細語，那些我應不應該，我要不要的話，在樹之間迴響著，一不小心就會鑽進身體，誤以為是自己內部發出的聲音。我捂著耳朵，快步的走，卻不斷被那聲音干擾。停下來，它說。你不應該在這裡。它說。

我隨著那個走了幾步，然後艱難的抵抗。然後幾乎被那個吸走，我的內部像黏土一樣滯重，我感到要窒息。保持流動。我說，我的聲音沙啞但那脫離了我的嘴唇，和其他聲音一起迴蕩在森林。我的身體不再有力量，這只是個現象，我想著這個，身體不再像是由我的意識在支配，而是交手給另一個東西，那個牽動著我，我的胸口敞開放任著它，我隨即像順著那個流行走，走了一陣，走出了森林。

外面是敞亮開闊的。一條整齊的路通往許多房子。我走上那條路，向前走了二十分鐘，看起來像郊區有些住宅區那樣，一些低矮的公寓房子，一樓是商店街，中間有一個購物中心那樣的地方，下面是停車場和超級市場。商店街排列整齊高雅，路的兩邊種滿了銀杏樹，淡黃色的樹葉飄落在地上，被人掃成一堆，有露天咖啡座，有書店，有人推著嬰兒車在路邊。有人用手機講著話。和現實世界毫無二致。

我走進一家文具店。它類似於選物店，有一區賣精緻的卡片，和進口的手工文具，像黃銅做的鋼筆和名片夾之類。店員是一個皮膚白皙的女孩，大學生樣貌，走近問我需不需要幫您做介紹呢，我吶吶的說好。她開始用那女性化的聲音講解那些文具的品牌理念，她的頭髮向後梳成馬尾，耳朵後面有著刺青的一小排字，繞著耳朵的周圍呈弧形排列。

您還有什麼問題嗎？女孩問我。

請問一下，你的刺青是什麼意思。我問。

喔。女孩笑了。這是我和幾個朋友一起約好去刺的，是藏文，把握當下，珍惜眼前的意思。

但你的當下全是虛構的。

我安靜點點頭謝謝她，繼續往下走。

我進去了一家眼鏡店，嬰兒服飾店，裡面充滿了各式衣服玩偶，我差點想買給嬰兒，然後是書店。

三層樓高的書店，外牆全是灰色石材，淡茶色玻璃的復古落地窗，銅色吊燈從三樓到一樓，在迴轉扶手樓梯上方輕輕停下。四面高到頂的書牆，綠色的皮沙發上坐著都是閱讀的人，室內流洩著鋼琴聲，在二樓一個懸空的室內陽台伴奏著。如果在現實世界可以輕鬆拿下世界最美的書店前五十名，也或許它早就是虛構世界最美書店第一名，我無從得知。

我在書店裡走著，上下左右看著，那副無知的樣子很快引起了客戶服務處的小姐的注意。

有什麼可以幫您的嗎？她微笑的說。

是的。請問你們書店成立多久了？

喔。小姐顯然這一題準備很充分，笑著回答說。我們秉持與大眾同樂同時服務的精神。在去年十二月二十五日聖誕節當天開幕。

我想查一些嬰兒工廠的書。

那是我們的關係企業，我們有一整個櫃的書都是有關工廠的，請您到D－4區去，她從抽屜拿出一張店內的地圖。在上面註記著。

所以你們是同一個老闆？

是的。她微笑的回答。需要帶您過去嗎？

我走到D區，位於二樓的中間區域。確實至少有二十本介紹工廠的書，其中大部分都是書店自己出版的。

我翻閱了幾本，無論哪一本書都沒有提到工廠成立的時間，或任何確切的事實。書寫的方式都很一致，用不容辯駁的語氣寫著工廠帶給人們的好處，對附近居民的貢獻，對於它內部的作業，人員的來源也沒有任何著墨，有些封面極為簡單，全書都充滿色塊鮮豔的圖表。另一本精裝的則是用懷古的作風，書中包括了許多照片和引用居民的話來肯定工廠。

我翻到一本像社區自己印刷那樣的，用回收的紙印成一小冊，裡面包括了一個小圖表，說明了工廠裡的管理階層，裡面一個樹枝狀圖，一格格的職稱，旁邊附上照片。

董事長，總經理，旁邊是面無表情的毫無特色的穿西裝的人，我沒有在裡面看到外送的女人，我繼續往下看，管理顧問。

旁邊的照片是博士。發明膠囊的博士，雖然髮型換了，但毫無疑問的是他。

我驚訝得書幾乎拿不穩。博士為什麼會在這裡出現呢？

我抱著頭坐下來，想花時間苦苦思索，但我決定先回到工廠。

我拿著書到收銀台結帳。結帳的小姐看到這本書，很稀奇的抬起頭來看我的臉。

請問您在工廠工作嗎？

我說是。

在工廠工作的員工購買這本書不用付費。她講話的時候眼睛不斷的在我臉上逡尋著，意識到我發現這件事，她很抱歉的移開眼神。

不好意思，我們這裡很少見到工廠來的客人。

為什麼呢？

不曉得，她說。他們不太到鎮上來。原因我也不清楚。

她一邊把書包好給我，好的，謝謝你。

我拿著書一路趕回了工廠，穿過樹林好像那裡是最普通的種著一些樹的地方。我幾乎在掙脱我的衣服那樣跑著，我跑進了工廠，穿過大家的工作台，一直跑到了鍋爐旁邊的那扇門，沒有人攔住我，我把門打開，走了進去。

裡面的布景和那天我和N去的時候一模一樣。博士坐在桌前，女孩在旁邊，不同的是外送的女人也在旁邊。

博士，女人微笑的說。真的是如您所說的那樣。

一秒不差。博士盯著自己的手錶然後看著我。

你來了。
怎麼回事？我問。
他們都注視著我。
博士開口說，所以你來了，一秒不差。你問我為什麼會知道，為什麼呢為什麼？因為這一切是我想出來的。
我看著他。
也是你想出來的。總之是想出來的，好玩吧？呵呵呵。
到底哪一部分是真的？我問。
都是真的，也可以說都不是真的。那些你以為的一層，兩層，三層的世界，都是你想出來的，也就是我想出來的，因為你是我想出來的，而現在的我是你想出來的，哎呀亂了亂了，呵呵。
你們怎麼能這樣？我站在那裡問，用快哭出來的聲音，我的膝蓋止不住的發抖，越想讓它停就越停不下來。

哎呀你別生氣，你了解之後就會覺得好玩，我保證。博士說。

從哪裡說起呢？總之我們本來都是一塊，一大塊，你想像像珊瑚那樣，根部連在一起，頂上一支支的，我們都是用同一個材料做成，但沒有形體。

哎怎麼說呢？語言真麻煩。

這樣好了，博士突然說。你把我們想成是一大瓶的肥皂水。我們都在同一個瓶子裡，有些被吹成泡泡，泡泡破滅後，便回到同一個瓶裡，像這樣的概念。在時間的某個點上，這個你的氣泡被吹成了，從此沿生了許多周邊的事情。

總之我那天幾乎說溜了嘴。博士笑著說。我還表演了一番，變出龍蝦來，記得嗎？但你還是什麼事都不記得，一副認真嚴肅的樣子，讓我笑破肚皮。

博士看看我的臉，微笑的說。你還是生氣，覺得自己被耍，像一個玩具一樣，擁有的東西被奪走，行動被預測，最後和你說都是開玩笑的。但我和你保證，我們在這裡，是因為你覺得有必要。你可以試試看，如果你想讓我們消失，會發生什麼事。

我看著博士，他站在我的面前。白髮，短袖襯衫和過短的西裝褲，女人站在左側，深藍色的套裝，臉上的微笑。女孩在後方，滿臉的黑痣，直髮在肩膀上面，牛仔短褲和黃色的T恤。然後一切又閃爍了一下。很短暫，如果眨眼睛就會錯過的那麼短，然後再閃了一下。這次持續得比較長。大約五秒這麼久，然後又回來，像一張立體的卡片被闔起來又打開那樣。活生生的。

我本來想搗毀一切，卻發現失去了力氣，腳也站不住。

我突然糊塗起來。我是來找嬰兒的，但我到底是什麼？

博士盯著我看。我最愛看這個，一個泡泡啵地破掉的時刻。你不能再想下去，你會搞亂了。我給你的策略就是保持流動，不是嗎？一個場景的出現，必定有它要釋放的能量，你別擾亂它讓它存在就對了。

那嬰兒呢？我問。嬰兒是真的嗎？

對你來說是真的。但你不是真的，所以很難說它是不是真的。你以為的真實，很多層面不同的真實，其實都是假象，心念，物體或思緒，都是同一層面的假象。你看。博士走出房間。你看這些人。

我走出房間，跟著博士看那些工作的人們，他們不疑有他的專心工作著，我仔細看他們的臉，赫然發現其中一個人是幫N算命的老師。

另一個是日本料理店的師傅。

她旁邊是熱炒店的老闆娘。

還有便利商店的女孩。

送魚缸的先生。

派出所的警察。

在辦公室的同事。

巷口乾洗店的老闆。

大樓的管理員。

剛才選物店裡的大學生店員。

這些人像同一個戲團的演員那樣，到了下場戲於是被分配演不一樣的角色，那樣默默的做著。

我的胸口起伏，像是現實被人拿鐵槌在我面前擊碎。我實在不甚了解正在發生的事，但在另一方面，我又彷彿覺得這說明了一切。

我還會再醒來嗎？我問。

博士微笑。你說的醒來是指什麼？

回到我第一次遇到你，你發明膠囊的那個現實。

會。你會醒來，而且很快。博士說。嬰兒也會回到你身邊。

那這一切的意義是什麼？為什麼？我問。並不確知自己的問題是什麼。

短的答案是因為你想要經歷這一切。宇宙感知到你的需要，安排了這一切給你。你只要投入就好了。長得得用你的一生去回答。尋求意義是最沒有意義的。意義是什麼，對誰有意義？對於如此經不起探究的問題，我們有這樣的時間嗎？我們沒有。博士哈哈笑著說。

我的問題都跟著煙消雲散，好像想問，到了嘴邊它又自己回答了自己，那種想要生氣的情緒像石頭投到海裡，早就被沖刷得無影無蹤。我只有沉默下來。

好了，請回去吧。好好面對你的現實，保持一個這樣的視線。博士做了一個鬥雞眼，啊哈哈不是這樣，是這樣。他注視著我，視線又彷彿穿透我落在我後面的牆上。懂嗎？一切是虛的，讓那個滲透你。

保持流動。

博士，女孩和女人對我左右擺動著手，像某個爛電視節目的結尾，那情景顯得有點可笑，畫面流離閃爍著如在水裡，然後熄滅。

●

我醒來在我的床上。衣服和床單都是汗，濕淋淋的黏在身下。我坐起來在床上，手碰觸著棉被，這是假的。我想。

我把衣服和床單扯下來，打算拿去洗。

我摸索著走到客廳，外面很暗，我看了一下時鐘，是4:42，應該是清晨，我從天空的顏色判斷。我坐在沙發上，頭腦像個篩子一樣，事情不成形狀即被篩去。

我環顧著四方，房門都關著，蠟燭糖的包裝材料整齊的放置成兩疊，喝過水的杯子，兩團用過的衛生紙放在桌面上。

龍蝦在它的池水裡，它蹲坐在池底的石頭上，一隻腳扶著玻璃睡覺。

我發現根本無從分辨這是夢境或現實。毫無辦法可以。

我站在窗前，時間彷彿不呈均勻的線狀，而像點狀或面狀的前進。天現在乍看是深灰的，仔細看它帶著藕粉紅色，遠方底部有一個裂縫般的破裂。裡面透出一點點光來。高處的天空持續變動著，那裂縫往上移，漸漸的擴大著。景象映在我的眼睛裡，一幕接著一幕，因為需要被看見。

雲層變得越來越淺，光透出來，照亮那遠近深淺的雲層，雲因此被染成玫瑰色的，帶著一些暈紅金黃。太陽從那縫中終於看到了蹤影，光芒向四面八方射出，雲紛紛退散開。像被吸塵器吸掉那樣，也許這一切都是假的，但多麼精巧逼真，毫無破綻，天空如今是透徹的藍色，太陽照耀著。天亮了。

後記

我要謝謝發生過的人和事。謝謝阮慶岳老師、羅珊珊主編、胡金倫總編，以及周昭翡總編、孫梓評主編、推薦人童偉格老師、黃麗群老師，謝謝各位花時間去閱讀我的人。這就像第一次與人描述自己的夢境，然後對方說，我了解，我也在那裡。真是不可思議。

寫作者必須非常順服於生活下達的命令。我寫在這裡，來時時提醒自己，調匀呼吸，準備好眼睛，好讓那些徵兆流過來的時候，我可以看見。

我謝謝我的家人總是給我寬裕的自由。

AKP0309

名為世界的地方

作　者—蕭　熠
執行主編—羅珊珊
校　對—吳如惠、羅珊珊、蕭　熠
美術設計—朱　疋
行銷企劃—吳儒芳

總編輯—胡金倫
董事長—趙政岷
出版者—時報文化出版企業股份有限公司
108019台北市和平西路三段二四〇號四樓
發行專線—（〇二）二三〇六六八四二
讀者服務專線—〇八〇〇二三一七〇五　（〇二）二三〇四七一〇三
讀者服務傳真—（〇二）二三〇四六八五八
郵撥—一九三四四七二四時報文化出版公司
信箱—10899台北華江橋郵局第九九信箱

時報悅讀網—http://www.readingtimes.com.tw
思潮線臉書—https://www.facebook.com/trendage/
法律顧問—理律法律事務所　陳長文律師、李念祖律師
印　刷—紘億印刷有限公司
初版一刷—二〇二〇年十月二十三日
定　價—新台幣三五〇元
（缺頁或破損的書，請寄回更換）

時報文化出版公司成立於一九七五年，
並於一九九九年股票上櫃公開發行，於二〇〇八年脫離中時集團非屬旺中，
以「尊重智慧與創意的文化事業」為信念。

名為世界的地方／蕭熠著. -- 初版. -- 臺北市：時報文化，2020.10
288　面；14.8x21公分.
ISBN 978-957-13-8371-2（平裝）

863.57　　　　109013455

ISBN 978-957-13-8371-2
Printed in Taiwan